聽我說
耳を貸して

默默　女　十五歲

喜歡看書、寫日記，不喜歡出門和同學交際，一到人群多的地方總是緊張，笨手笨腳、不擅言詞的她，不懂得如何保護自己，還常被當成爛好人，吃很多悶虧。

尼克　男　十五歲

班上的大塊頭，長得又高又壯，因火爆的脾氣常被大家排擠，卻是默默在班上唯一要好的朋友，他是美國裔的台灣男孩，英文很好是他最大的優點。

斐恩　女　十五歲

班上的美女，也是班長，在老師面前靜如處子、動如脫兔。家世顯赫，但卻是個被寵壞的大小姐，經常作弄默默。

凱祐　男　十四歲

隔壁班的男孩，是棒球校隊的隊長，質樸率真，個性善良，是學校裡的風雲人物，也是默默暗戀的對象。

碧文　女　十七歲

默默的堂姊，是高中辯論社的社長。因為家中有變故而搬來和默默同住，小時候兩人略有摩擦，最後相知相惜，互相解決生活上的難題。

班導阿緯
男　二十八歲

默默、斐恩的班導師，擔任國文與社會教學。是個開朗型的大男孩，對默默開導有加。

目次

【第一章】

可怕的上學日

「胃越來越痛了……」

國三生的默默走在早晨春意盎然的巷子裡，心情卻好不起來。外表看來，默默只是個很「一般」的女孩——普通到不行的長相，文文靜靜、戴著眼鏡，頭髮梳得一絲不苟，有時綁成馬尾，有時綁成公主頭。默默的頭髮永遠乖乖貼著頭皮，中規中矩，就跟她的外表一樣，白淨簡單，貌不驚人。一想到今天的社會課要輪到她上台報告，默默簡直是胃底翻騰，心臟狂跳。本名葛璦默的默默，從小就沉默寡言，而「默默」這個暱稱原本是爸媽的好意，希望她當個溫柔內斂的女孩，卻因為自己的陰沉個性，老被班上同學取笑。由於不擅言詞，緊張起來還會結巴，上台報告更是默默的夢魘。

她昨晚已經做了一整晚的惡夢，半夜睡不著，還緊張得把今天要用的報告資料看了一遍遍，緊張的心情卻仍舊無法減緩。

「Good Morning！默默！」一聲中氣十足的男孩嗓音從默默背後傳來。她轉頭一看，原來是班上唯一可以稱得上朋友的人——從美國回來唸書的台灣學生，尼克。看見一向有朝氣又熱情的尼克，默默總算露出了笑臉，也用英文回答他早安。

默默和尼克感情不錯，喜歡的科目又都很像，「英文」和「作文」。兩人還在同個作文補習班上課，早晚都會見面。一開始默默英文跟不上時，尼克總是幫她惡補，而剛從美國回來台灣的頭一年，尼克經常被同學排擠，課業又跟不上大家，也都是默默耐心教導他國文與作文。

「怎麼啦？看妳好像又開始緊張了。」尼克拍著默默的肩膀。

「沒問題啦！如果今天妳上台講不出話來，就看看小抄吧！誰要是笑妳，我就揍他。」

「尼克……別揍人啦！你已經被訓導主任警告好多次了。」默默苦笑道。

原來，尼克什麼都好，就是個性火爆衝動了點，愛替人打抱不平。看在默默眼底是正義小子，在別人眼底卻是個自以為是的美國籍流氓，也難怪尼克在班上的人緣一直好不起來。大概是同病相憐吧！尼克與默默從國一下學期，就成了無話不談的好朋友。尼克會耐心傾聽，默默也會包容尼克的火爆脾氣，兩個好朋友一路互相扶持，走到了國三的最後一個學期。

「來，早點去學校準備吧！我載妳。」塊頭高挺、發育比一般台灣男孩大上好幾號的尼克把腳踏車一停，嬌小玲瓏的默默便坐了上去。

兩人的一天，就這麼開始了。對默默而言，今天依舊是個可怕的日子，不過靠著尼克與他的帥氣捷安特腳踏車，默默提早到了學校，心情也稍微踏實了些。一進教室，默默先將午餐的鐵盒便當拿去班上共用的蒸飯箱，再幫忙清潔黑板。等晨間打掃後，她就回到座位，埋頭準備社會課的報告。

「如果同組報告還好……要我一個人上去報告……唉！」默默越想越緊張，手中的草稿被捏得皺巴巴。

平常同組報告時，她往往躲在組員後方，雖然組員也不見得對默默多友善親切，因為默默一向是別組「挑剩」之後，被老師指派到組內的。雖然過程一向很難堪，但默默至少不用獨自面對群眾，只要聽老師指派就好。為了證明自己的價值，不管被編入什麼樣的小組，默默不但認真做好自己的部份，有時候還連全組的份一起做。找資料、做研究、寫報告、做作品，這種「幕後工作」都難不倒默默，但一談到要上台報告，她可就恨不得自己縮成一團球，滾到大家都找不到的地方。偏偏，這學期的社會課就是要輪流個人報告。默默越想越急，正要集中注意力讀報告資料，眼前便來了一群人影。

「砰！」一張貼滿水晶指甲的白皙手掌，用力壓在默默的講稿上，阻止她繼續讀下去。默默慌張地抬起頭，正巧和班上的班花對上眼。

「早安啊！默默。」班花露出了一個不懷好意的神祕笑容。

她正是班長斐恩，班上人氣最旺的女生，平常總帶著一票「丫鬟」跟在身後，最愛找默默麻煩。默默不敢看斐恩一眼，她明白不該正面衝突，連忙收起講稿想離開。

「咦！這麼沒禮貌，招呼都不打一聲就想走啊？」斐恩身後的「丫鬟」輪流出聲道。

「早……早安。」默默咬牙說道，而斐恩則得意地笑了。在默默看來，斐恩不但家裏有錢、長得漂亮標緻，兩年多來一直蟬聯班長寶座，班上不管男生女生都很擁戴她。而從外表看來，斐恩真的也是個毫無瑕疵的女孩，今天她戴著時髦可愛的紫色大蝴蝶結髮飾來學校，才踏入教室的門，就引來無數同學熱

烈討論。默默知道自己平凡無奇，根本不是她的對手。

「聽說今天輪到妳報告喔？真是期待耶！」斐恩看默默正要收好講稿，又是用力壓住紙稿，不讓默默如願。

「哦？我來看看，妳要講什麼題目啊？『少子化』？」斐恩噗哧一笑，高高揚起默默的講稿，秀給身後那群跟班們看。

「沒想到默默竟然挑了個難度頗高的講題啊？這個題目本來是我想講的，沒想到被阿緯老師指派給默默了。」

「什麼嘛！怎麼不安排給斐恩講呢？」跟班們附合。

默默只在心底祈禱這一切能趕快平息，於是住嘴不想反駁，她知道說得越多，錯得越多，只是給對方更多無情攻擊的機會。

「沒關係啦！反正我有更適合我的題目。」斐恩總算是把講稿還給默默，炫耀地說。

「我的講題是下週，討論化妝品。」

「好時尚喔！感覺就很適合斐恩。」跟班們繼續拍馬屁。

默默捏緊講稿，不想再聽這群煩人精一搭一唱，走出教室想找個安靜的角落練習。

「還好剛剛尼克沒有看到這一幕，不然大概又會跟斐恩和那群跟班吵起架了。」默默想起上次兩人的衝突，尼克被斐恩拉住耳朵，而尼克則掐住斐恩的手臂，搞得整班男生義憤填膺，全都氣尼克氣得牙癢癢的，而尼克則整整被罵了一整個星期。沒辦法，斐恩成績好，口才佳，長得又漂亮，老師同學都喜歡她。至於默默和尼克這樣的「邊緣人類」，還是別跟她們起衝突得好。

社會課再五分鐘就要開始。默默努力熬到了下午第一節，心臟簡直要爆炸了，她這才想起自己尿急，慌慌張張地去上完洗手間，回到教室。

高壯但清秀、有著原住民血統俊美五官的班導師阿緯進了教室，班長斐恩笑瞇瞇地帶領同學對老師敬禮，阿緯老師也露出陽光的笑容回禮。

「各位同學好，我們今天的上課內容是先看一段老師準備的影片，然後請本週輪到的同學，上台做個人報告。」聽到「個人報告」四個字，默默又開始

緊張了。她低頭想找講稿，這才發現講稿竟然少了一頁。

「奇怪，第六頁呢？」默默洋洋灑灑列了一堆重點，最後寫著「結論」的第六頁卻不見了，她翻了課本、資料夾、書包、抽屜，沒有就是沒有。

「剛剛去洗手間前，我明明還在讀的啊！怎麼會不見了？」

「可以安靜點嗎？在上課耶！」後座的男生不耐煩地警告默默，她尷尬地點點頭，眼睛已經泛出焦急的淚水。這時，一張紙條傳到默默的座位。原來，是坐在走道最後一排的尼克傳來的。

「怎麼啦？」紙條上溫柔地問著。

默默連忙寫下：「我的第六頁講稿不見了，剛剛明明收得好好的啊！」尼克看了看回傳的紙條，隨即露出擔憂的表情。默默連忙朝他揮了揮手，要他別衝動。雖然，默默心裡很明白，自己八成又被惡作劇了。

尼克幫不上忙，班上也沒什麼「盟友」，那就求人不如求己吧！默默勉強要自己鎮定下來，拿出紙筆，靠著回憶，把第六頁的內容默背出來。好在她記性還算好，雖然無法完整背出第六頁的原本內容，但經過一番折騰，至少默默已經把重點結論都寫到紙上了。默默才要喘口氣，沒想到阿緯老師已經叫到她的名字。

「接下來我們請葛瑷默同學上台，為我們分享本週她的整理報告。大家請鼓掌。」阿緯老師對默默露出一個鼓勵的眼神，但同學的掌聲響得七零八落，一點也不情願。只有最後排的尼克很捧場，一個人努力鼓掌。

默默僵著臉站起身，實在緊張到不行，從座位到講台的位置彷彿一公里那麼遠，她走了半天才站好。默默勉強深呼吸。

「各位同學好，我是座號二十四號的葛瑷默……」

「說什麼廢話啊！班上還有人不認識妳嗎？」一個頑皮的男生故意打斷默默，她果真因為被打斷而不知所措了幾秒，但看到後排的尼克專注又充滿鼓舞的目光，默默知道自己並沒那麼孤單。

「好了，各位同學，請保持風度！讓報告的同學好好講完！」阿緯老師掛起粗框眼鏡，環視班上。

「如果有人蓄意吵鬧，老師會酌情扣分，並請吵鬧的同學下週追加一次報

告喔！」有了老師幫忙穩定氣氛，默默再度緩緩開口，語氣顫抖。

「我……我今天要報告的題目是，『少子化』。『少子化』這個名稱……是國內……」

「聽不到！」後座又有同學在抱怨。

「默默的聲音跟蚊子在叫沒兩樣。」

「你聽不到？」尼克不滿地吼道。

「我怎麼聽得很清楚？」

「好了，同學們不要吵了。」阿緯老師嘆了口氣。

「默默的聲音的確有點小聲，請把麥克風拿得靠近嘴巴一些，背挺直，這樣講話的聲音也會比較有力氣喔！」

默默羞紅了臉，她才開口沒講幾個字，已經狀況連連。她稍微挺直駝背的身子，照阿緯老師的建議做完了頭幾段報告。其實，默默緊張得幾乎已經不知道自己在說什麼，全程只是低著頭唸稿，偶爾才抬起頭望向尼克與阿緯老師幾眼。至於班上同學們呢！早就紛紛露出不耐煩的神情，看漫畫的看漫畫、睡覺的睡覺、聊天的聊天、傳紙條的傳紙條，完全沒人把講台上心急如焚的默默放在眼裡。

「各位同學，老師對你們的表現太失望了。」阿緯老師突然高聲一喝，把一群同學全都嚇得回過神來。

「這是個民主社會，聆聽講台上的演講者，不但是一種尊重，也是一種禮貌，你們是希望老師讓你們罰抄課文囉？」

「這才像話！」尼克正要露出大快人心的笑容，突然又有甜美的聲音響了起來。

「嗯嗯！老師說得很對。」班長斐恩微笑地望向老師，又瞧瞧同學們，大眼睛一眨一眨的。

「從早上開始，我就看到默默同學非常認真在準備她的報告，雖然她沒辦法講得很好，不過大家也應該給她一點鼓勵嘛！」

「嗯！班長說得很對，給予同學鼓勵是很重要的。」

阿緯老師在一旁點頭，默默則對斐恩那矯揉造作的模樣感到很無奈。

「加油喔！默默同學。」斐恩露出一個超真誠的笑容。

「斐恩真有風度。」一旁的女生紛紛讚美道。默默已經對這種情況無話可說，也沒立場表示什麼。她憋住呼吸，繼續望向講稿。好不容易已經講到最後一頁的結論了，默默的腦筋打結狀況，竟有不錯的改善！

「那我們先來看結論第一點，台灣的專家應該仿照北歐國家……」可能是剛剛手寫出的草稿發揮作用，默默發現自己竟然能很快地說出重點，雖然細節解釋的部份，她仍說得支支吾吾，但隨著阿緯老師點頭的頻率越來越高，默默發現老師對她講的重點，頗為滿意。下台前，默默無意間與座位上的斐恩對望一眼，斐恩正撫弄著一頭長髮，眼神卻流露出一陣惡毒的寒氣。

這眼神除了默默之外，沒人看見，就算有人看見了，也不會相信斐恩有什麼惡意。因為她總是那麼優雅、漂亮，講話又得體大方。誰會去在意偶爾出現在斐恩臉上的陰霾呢？只有默默注意到了。她畏畏縮縮地走回位子上，總算完成報告的她，仍心有餘悸。這時，默默腦中出現一個可能性。

該不會那遺失的第六頁，跟斐恩有關係吧？

傍晚的神祕電話

【第二章】

「絕對是斐恩偷走妳的講稿！」尼克高聲批判道。

「噓……」默默連忙要他安靜點。還好他們是在外掃區的操場上講話，四周一片鬧哄哄，沒人仔細聽他們說什麼。尼克與默默兩人抓著掃把，一面把外掃區的落葉掃乾淨，一面交換著意見。

「斐恩那傢伙，總有一天會露出狐狸尾巴的。」尼克繼續罵道。

「說真的，我也不曉得該怎麼辦，我們把國中的最後這學期唸完，平安畢業要緊。」默默語調平靜。

「唉！才剛開學，妳就說這麼喪氣的話。」尼克搖搖頭。

「不過……也是啦！我對我們班這種小人得志、宦官干政的狀態，也已經灰心了。」

「哈哈！尼克，你中文進步好多，還連用了兩個成語耶！」默默天真而開懷地笑了起來。

尼克也跟著微笑。

「當然囉！默默中文好，我就跟著中文好，以前我一句中文都說不好，作文也不會寫，都是妳教我的啊！」

默默被誇獎得有些害羞，只是搖搖手。

「我們是朋友，互相幫忙是應該的啦！」

「話說回來，默默啊！我覺得妳今天的報告，比預期的好很多耶！」尼克眼睛一亮。

「特別是結論的地方……」

「唉！尼克，我不想再討論我的報告啦……」

默默對自己的報告仍有千百個不滿意，只想草草結束這話題，想不到天不從人願，阿緯班導師竟然出現在外掃區。他滿臉親切，爽朗地用力揮著手，朝默默小跑步過來。

「默默，今天老師覺得妳的報告進步很多。」

「我就說吧！」尼克在一旁露出開心的微笑。

「老師想進一步跟妳討論一下妳的報告，放學後能到辦公室來嗎？」阿緯老師溫和的微笑，讓默默只好勉強點點頭。

「老師到底想跟我說什麼呢？」結束完外掃區的清掃與點名後，同學們忙著去上最後一節的社團活動。

默默選的社團是文靜有氣質的「讀書會」，在這裡，她沒有什麼壓力，和幾個愛看書的女孩子一起，又可以盡情享用圖書室的資源，讓她感覺很幸福。

時光匆匆，下課時間馬上就到了。默默也拎起書包，依依不捨地將書本歸還到書架上，找班導報到。

「嗨！璦默，來，坐下。」班導阿緯微笑著說。

看到老師輕柔地呼喚自己的本名，默默心底的緊張稍微消散了些。

「是這樣的……」阿緯老師認真地睜大鏡片後方的眼睛。

「老師找妳來，主要是想跟妳討論今天報告的事情。」

默默臉色鐵青，彷彿囚犯正等待法官判決。只見阿緯老師慢條斯理，繼續說下去。

「老師覺得妳這次表現進步很多！特別是結論，妳分作幾個小重點，一一說明，非常有力！」

默默簡直不敢相信自己的耳朵，看來尼克剛剛跟她說的是真的，她的確進步了……雖然只是微不足道的進步。

「雖然，一開始難免還是看得出妳很緊張，但是……老師認為妳其實滿有上台演說的潛力喔！」

「真的嗎……」默默不敢完全相信老好人阿緯老師的說法。

「是真的！璦默，妳得對自己更有信心。」阿緯老師眼睛發亮，繼續分析道：「其實演說是一種口頭表達能力，而寫作則是一種文字表達能力，這兩者之間是有相關的，老師帶了妳三年的作文，妳作文寫得很棒啊！表達能力是可以訓練的！何況，妳還是讀書會的成員吧！閱讀能力和寫作能力其實都很優秀的，不是嗎？」

默默被老師誇讚得瞬間臉紅，也楞住了。

「總之，以後妳試著把報告的內容寫成文字稿，用口語的方式謄寫一次、再用言語慢慢解說出來，一定會越來越進步的！妳要相信老師！」阿緯老師的眼中閃爍著教學的火花。

默默用力點頭，茅塞頓開。原來老師一直默默關注著自己，而且還如此肯定她的能力。原來，被肯定的感覺真的這麼好……

「其……其實，老師……我今天有擬大綱，因為，我的參考資料有一頁突然不見了，只好自己重寫一次。」默默吞吞吐吐地解釋今天發生的事情。

「哦！那就更說得通了！臨陣磨槍，不亮也光，人家說學習有『五到』，『眼到』、『口到』、『心到』、『手到』和『耳到』。」老師解說著。

「妳這是『手到』，用手把重點寫一次，又馬上上台報告，記憶力都還是新鮮的。看吧！我就說，作文好的孩子，口語表達是不會差到哪去的。」阿緯老師又是一陣柔聲鼓勵，讓默默心暖暖的，全身彷彿飄到雲端。

她惦記著阿緯老師的話，回家之後，馬上把老師的話寫進日記裡。

默默從以前就一直有寫日記的習慣，在日記中她可以盡情地宣洩所有在學校的委屈與不安，當然也會記錄下許多值得開心與期待的事情。經過年復一年的自我訓練，默默不但字寫得又快又好，更是文思泉湧。

不過，正當她振筆疾書，想將阿緯老師的鼓勵記錄下來時，擺在走廊的電話突然響了。

「喂？葛璦默，我是黃佳萍啦！」一個熟悉又陌生的聲音傳進耳裡。

默默想了一下，她上次跟這位個頭小又精明的女生講話，已經是半年前的事了吧！平常黃佳萍幾乎不跟她打照面。

默默心想，這次她打來大概沒好事。記得上次數學科展分組時，黃佳萍可是連看都不看默默一眼，直接要組員把她踢出去呢！

如今佳萍倒像個沒事人一樣，語氣親熱。

「璦默啊！這學期的學藝佈置競賽要開始了，妳要不要加入我們呀？妳一到三年級都沒參加過佈置競賽，想說讓妳來玩玩。佈置比賽都是負責班上教室的外牆，弄起來會很熱鬧喔！」

「這樣啊……」難得被邀請，默默倒是憂喜參半，一時間做不出決定。

佳萍連忙又語調明朗地解釋道：「我想說妳很文靜，應該滿適合這個佈置比賽的，而且我覺得妳應該會滿有責任感的……」

「真……真的嗎？」默默被稱讚得暈陶陶的，幾乎不認識佳萍口中這麼優

秀的人。而佳萍只是繼續誇獎下去。

「我們都很希望妳來加入喔！」

大概是佳萍最後語帶溫暖的這句話，激起了默默的熱情。

「好，好啊……」默默有些不安又開心地說。

「那我加入，我加入佈置小組。」

佳萍開心無比，彷彿默默帶給她無窮的希望。

「哇！那太好了！我從女生的座號第一號開始打電話，一路打到妳，終於找到人加入啦！還是妳最好了！那明天見的時候，我再跟妳說細節喔！」

「嗯嗯！好……麻煩妳了。」

掛上電話，默默鬆了口氣。她不敢相信自己國中三年來一直想參加的學藝佈置小組，竟然在國三最後一個學期有了回應。

佈置競賽會將班上的外牆裝飾得美輪美奐，是個有趣又熱鬧的大工程。

「而且沒想到這次加入，還是被主動邀請的！今天真是我的好日子……」

默默認為自己的決定沒錯。

「與其繼續在班上當個透明人，不如努力讓別人看見自己……」默默在日記中寫下這句話。

這晚，她睡得特別香。

第二天，默默一早就梳洗整齊，綁著一如往常的優雅公主頭，戴上斯文的膠框眼鏡，想到今天佳萍要找她進佈置小組，默默還用心地在手提袋裡裝了美勞用具。

「哈囉！默默！」尼克騎著單車輕盈地溜過她身邊，在不遠處停了下來。

「上來吧！我順便載妳去學校。」

「謝謝你，今天的確早點去比較好！」默默微笑地接受尼克一貫的善意，坐上腳踏車後座，她總是雙膝併攏，規矩端莊地把書包擺在裙子上。尼克穩穩地向前騎，也一面與默默談話。

「要我騎快點嗎？」

「哈哈！不用啦！一般速度就好。」

「那今天是有什麼活動嗎？」尼克輕盈地拐過小彎。

「怎麼突然要早點去？」

「我……被選進佈置小組了！」一向內斂的默默，也忍不住語帶興奮。

「昨晚黃佳萍打電話邀我的！」

「哦……那傢伙啊！」尼克立刻露出一個充滿防備的表情，不過默默沒注意到。

尼克想起默默很喜歡文書工作，美勞的天份也不差，更重要的是，默默進國中以來一直很想參加牆面佈置競賽小組，但卻因為人緣不夠好，往往不能如願。

別的女生總是排擠她，不希望她加入。

「那妳應該很高興吧！默默，看妳美勞文具都準備好了！」尼克故作輕鬆地說。而默默則露出一臉爽朗的微笑面對。

一進教室，昨晚打電話來的黃佳萍便把默默拉到旁邊，積極的態度中又帶著一些神祕。

默默很久沒被女生這麼親切地拉著說話，心底也不禁期待了起來。

「葛璦默……不好意思，有件事我先跟妳說一下。」佳萍語氣沒有昨晚甜蜜，神情也帶著一些緊繃。

「其實是這樣的，我因為要準備升學考試，所以最後一學期家人就不讓我參加佈置小組了。」

「哦……這樣啊！」默默很有耐心又理解地點點頭。

「那真是可惜。」

「哈！不會啦！」佳萍敷衍地笑笑。

「不過，我要告訴妳，目前要加入小組的組員只有妳和我，但是我已經要退出了，所以……接下來佈置小組就要麻煩妳了喔！」

「啊？」默默感到又疑惑又驚慌。

「什麼意思？」

「也就是說，這學期的佈置小組目前只有妳一個人啦！不好意思喔！」佳萍嘴上說抱歉，但眼神卻不斷飄向教室角落，似乎正在留意著誰的目光。

默默只是楞在原地。

「那……那我現在怎麼辦？」

「這樣很好啊！葛瑷默，這樣妳就直接當組長了！是升官了啦！哈哈！」

佳萍用力朝默默肩膀一拍。

「不過，招募組員的事情，也要麻煩妳了喔！」

默默感到晴天霹靂，面對接下來的壓力，她感覺自己好無奈、又不曉得該說什麼反駁或者拒絕，只能呆立在原地。

佳萍眼角的餘光持續飄向角落，默默這才發現，教室另一頭站著班長斐恩與她的跟班，正用一副看好戲的眼神望著這裡。

「我是覺得妳既然當了組長，就要負起責任啦！」佳萍一副指點迷津的模樣，悄聲說。

「等一下就是早自習了，妳趕快去問問班上還有誰要加入佈置小組……」

「我……我嗎？」

「當然啊！現在妳就是組長了喔！不然我們班這學期的佈置比賽，就會開天窗了耶！」佳萍沉著臉色，如此警告道。

默默傻在座位上，隨著下課鐘聲響起，她心中又是惶恐又是無助。再怎麼單純，她也該瞭解了，原來國三的最後學期，人人都在為課業與升學自危，原本搶手的佈置小組，如今早就沒有人要加入了。

「沒人要的缺，還說得這麼天花亂墜，騙妳加入！可惡！佳萍是想找妳當替死鬼！太小人了！」尼克氣得一拳搥在牆上。

默默的眼淚忍不住潰堤，既委屈又惶恐。萬一小組的人手招募不齊，班上的佈置活動就要開天窗了，這該怎麼辦？默默真的慌了，但是口才不好、人緣不佳的她，哪裡有辦法馬上找齊人手呢？

「黃佳萍這臭八婆，一定早就做好退出的準備，卻故意不告訴妳！」尼克氣呼呼地繼續分析著。

「昨天她根本是先把妳騙進組，再來就故意說要退出，讓妳為難！」

尼克的分析一點都沒錯，默默心知肚明，眼淚也不斷泫然墜落。

「啊！默默，不要哭了啦……」尼克看默默又委屈掉淚，心底也不好受。

「別哭啦！我會幫妳想辦法的，妳趕快去洗手間洗把臉吧！別讓別人看笑話了。」尼克的話雖然說得重，卻字字真誠。

默默抹掉眼淚，轉身往洗手間跑去，一路上，她感到好後悔。

「為什麼當初要相信黃佳萍的那通電話呢？」默默心想著，流淚奔進了洗手間。

【第三章】
班會驚魂記

默默進了洗手間，剛把隔間的門關上沒多久，外頭就匆匆傳來兩三個女生的腳步聲。

她們聚集在鏡子前，音量大到讓人不注意都難。

「妳今天也好漂亮喔！斐恩！」

「呵！還好囉！不過我今天戴了新手錶。」

「好看！」另外兩個女孩搶著回答。「很適合妳，很有氣質！」

默默吃了一驚，原來外頭那兩三個女孩正是班上的同學。其中一個聲音，很明顯的是黃佳萍。

當然，斐恩的聲音，默默也一定認得。

「佳萍，剛剛的事情，看妳好像搞定了。」斐恩語氣裡帶著試探。

「應該沒問題吧？」

「嗯嗯！當然囉！包在我身上準沒錯！嘻！」受到美女班長肯定的佳萍，顯然非常開心。

一頭霧水的默默，只聽見斐恩淡淡的笑聲。

「呵呵！就知道佳萍沒問題，我也是為妳好啦！我爸媽也說，國三下學期就是要為升高中做衝刺，像我也準備要申請美國的高中，所以把事情排開是好的。」

「謝謝斐恩替我著想！」佳萍聽起來很興奮。

「我也是想要好好唸書，像妳一樣能去美國唸高中，就太強了！」

「沒有啦！我也是有考慮台北的學校，總之，再看看囉！」斐恩語氣仍舊是自信而冷靜。

「不過……」另一個斐恩的女跟班問了：「佳萍啊！妳確定默默願意接佈置小組嗎？老師應該會覺得很奇怪，組長怎麼變成她了！」

「默默是老實人，要她做什麼她就乖乖去做，安啦！」佳萍豪爽卻輕薄的語氣，深深刺痛了默默的心。

「對喔！誰叫她是濫好人。哈哈……」跟班附合著。而默默好不容易止住的眼淚，再度奪眶而出。

她在洗手間的隔間裡奮力握拳，握得手心通紅，卻不知道自己該怎麼辦。

她有種怒氣，想摔門而出，好好跟佳萍這群小人理論，可是，默默知道自己一定說不過那三張比她厲害的嘴。

「好不甘心……」默默氣得渾身發抖。

彷彿要替她解危似地，洗手間變得一片靜默，等默默回過神時，上課鐘聲蓋過了斐恩她們離去的腳步聲。而默默一直等了三分鐘，確定她們都走了，才慌慌張張地從廁所隔間出來。

「唉！又是斐恩想整我吧！我該怎麼辦呢？」心煩意亂的默默，低著頭走出洗手間，又氣又難過，同時也為早自習的結束感到慌張。

「糟糕，下午的小考都還沒複習……」默默顧著想心事，猛然撞上了某個迎面而來的人影。對方身上有淡淡的汗水氣息，是個戴著棒球帽的高壯男孩。

「嘿！小心喔！」對方只是輕輕這麼說。驚弓之鳥般的默默，連忙道歉，但等她與對方對上眼時，心跳卻彷彿少了一拍。

對方長得帥氣清秀，笑得很有禮貌，雖然忙著繼續走他的路，但他還是回頭望了默默一下，確定她沒被自己撞倒才走。

這一刻，默默才看清楚他的背影，那是三年七班的黎凱佑——學校的棒球校隊隊長。

身形挺拔的凱祐穿著棒球衣，背號四十一號，白褲子噴濺了一些練習場的紅土，但不減整體散發出的帥氣。

默默瞧著凱祐的背影，心頭小鹿亂撞。她真沒想到，自己會在一瞬間就與學校的明星球員這麼靠近。在球場上風靡眾人的凱祐，與平凡無奇的她，一向是不同世界的人才對。

「默默，妳跑哪去了？快進教室！上課了還不曉得？」副班長氣呼呼的聲音把默默喚回現實。

她連忙摸著鼻子跑回班上教室坐好。不過，今天的「豔遇」，倒是暫時緩解了默默被黃佳萍暗算的殺傷力。

默默發呆的次數比平常多了些，斐恩與佳萍在廁所時的對話，也沒有她想像中的讓她心煩。

中午時間，尼克帶著超大的飯盒與默默到草坪上享用。

「哪有人硬要把披薩帶來學校蒸的啦！」尼克自嘲地笑笑，逗趣地吞著披薩。

「都是我媽啦！一直叫我要拿來，請妳幫忙吃！」

「好啦！我會乖乖吃的。」尼克搞笑又活潑的模樣，逗得默默也笑了。

「吃吧！吃完才有力氣想佈置比賽的事情。」尼克踏實地說。

「唉……老實說，我們大可以也退出佈置小組……」默默說。她的眼神雖是無奈，卻也帶著幾分遲疑。

尼克知道，默默其實心裡仍有不甘心。於是，尼克抬高音調。

「真的嗎？妳真的想退出喔？」

「不然只有我們兩個組員，會很累啊！也會害到你。」默默嘆了口氣。

「嗯……」尼克大口啃著披薩。

「我是覺得，既然妳從國一開始就很想要參加佈置，這次也是妳的機會！給那些小人看看我們的厲害！」

「嗯……」默默搖擺不定。她知道，尼克說的都對。

反正最糟的情況，就是一直招募不到組員，而她和尼克得一肩挑起佈置工作……他們真的做得到嗎？或許會很累，不過，至少夥伴是尼克，而不是一些整天想找她麻煩的傢伙。

默默心念一轉，真覺得黃佳萍退出小組，也倒是一件好事。而看到尼克不願服輸的倔強模樣，也激起了她心中放手一搏的念頭。

默默站起身，大樹的綠蔭在她身上投映出清新的色調。

「尼克，我們就開始負責佈置吧！」默默堅定的語氣，讓尼克露出了坦然的微笑。

「好啊！默默當組長，我就當副組長，只要我們提早作業，也不會比別班慢多少吧！」

「嗯！」默默溫柔地笑了。

然而，默默與尼克的苦難還沒結束。回到教室午休之後，班長斐恩把默默叫到教室外。斐恩那張美麗白皙的洋娃娃臉龐，此刻帶著很重的殺氣，讓默默

越看越緊張。

「不要這種表情啦！好像我要欺負妳一樣。」斐恩先是客套地笑了笑，隨後便語氣強硬地說：「待會兒下午第一節課是班會，我特地幫妳留了點時間，妳記得上台報告有關佈置小組的事。」

「什麼……」默默頓時吃了一驚。

早上才被臨危授命為組長，卻突然要報告？不過，默默想斐恩大概也是好意居多，畢竟招募組員的動作還是有必要的……

只是，一想到還要上台「拉人」入組，默默真是擔憂。她在班上的人氣超低，每每遇到各種課程分組，默默都是沒人要選的那位，這種人出來拉組員，誰還願意理她呢？

又要等著出糗了！

「喂？妳有沒有在聽呀！我是為妳好耶！」斐恩伸手用力壓在默默肩上。「那就這樣說定囉！等等我會讓妳上台的！妳就公開招募佈置小組的組員吧！」斐恩露齒一笑，轉頭就回到教室。與其說斐恩在「邀請」她上台、或者是在「幫忙」她，不如說是在「強迫」默默……可是，默默又不知道該怎麼回嘴。

整個午休時間，默默都毫無睡意，她慌了，只能拿出筆記本，預先替上台時的說法打打草稿。

「各位同學，我是佈置組的組長……啊！不對，這樣開頭不太好……」默默忙著抄抄寫寫，還引來風紀股長的臭臉。

「午休時間幹嘛不睡覺？萬一被糾察隊登記到，妳會害到我們全班！」風紀股長鐵青著臉警告道。

沒辦法寫東西，默默又焦慮得睡不著，只能一路捱到班會。

一到班會時間，班導阿緯總會坐鎮在後方的教師座位，靜靜地聆聽同學的會議流程，偶爾也補充幾句意見。

而當斐恩用親熱甜美的聲音呼喚默默上台時，默默更是腳步無力，臉色僵硬。

「大家要不要給新上任的佈置小組長一點掌聲呢？」斐恩露齒微笑，台下

立刻響起一陣鞭炮般的鼓掌。

默默聽在耳裡，只是覺得更加無力。

「各位同學好……我是這學期佈置比賽的負責人，葛璦默……」默默斷斷續續地說，額頭冒汗。

「因為……這學期大家都要準備升高中，很多人沒辦法，不過……還是希望大家可以加入佈置活動。」

「這學期有一堆比賽，還要升學，加入了有什麼好處啊？」台下的同學鼓噪起來，搞得默默一陣尷尬，不知道怎麼回應。

她多麼希望有個人來替她解解圍呀……明明人手已經不足了，底下又一堆同學在說風涼話，默默真是無助又無奈。

「希望大家踴躍參加，默默個性善良，文靜認真，相信能跟佈置的組員好好相處。」

班導阿緯親切地替默默背書道，沒想到台下的同學卻發出不以為然的竊竊私語，聽在默默耳裡更是尷尬。

「熱心參與班級事務的同學，老師也會給予獎勵和加分喔！」阿緯再度強調道。

默默忘記自己是怎麼走下台的，大概是像喪家犬一樣慌慌張張地逃回座位吧！想當然爾，並沒有人報名這次的佈置活動，組員依舊只有默默和尼克兩個人。

默默回到座位上，班長斐恩則繼續主持班會。

討論完值日生打掃問題之後，接下來的新議題是：一個月後的校內演講比賽。

「我們來推派代表參加吧！」斐恩露出甜美的笑容，環視班上。

「張韻如怎麼樣？」

「我現在都在補習小提琴，沒空。」

「李明翰呢？還是林偉安？」斐恩又微笑地點了幾個有演講經驗的同學。

但他們馬上提出幾個理由，禮貌地拒絕了。

班上有人猛搖頭，有人事不關己，看來升學在即，大家對這種個人的校內

活動已經興趣缺缺。默默發現斐恩的眼神突然向自己掃來，她瞬間警醒起來，但已經太遲了……

「那就提名葛璦默同學囉！」斐恩用輕鬆自在地語氣說道。

「她上次社會課表現得挺好的！」

此時，彷彿說好似的，台下先前被提名的幾個同學都微笑地鼓掌。斐恩趁勢高聲說：「哇！呼聲很高，那就提名葛璦默囉！」

默默轉頭與尼克互看，尼克也一臉疑惑，默默則是急得幾乎哭出來。

「等……等一下，我不行……」默默用蚊子叫的聲音勉強抵抗，但斐恩連看都不看一眼，只是滿臉微笑地在黑板寫下默默的名字。

「還有人要提名嗎？」副班長繼續問道。

台下的同學不太專心，也怕得罪人，因此不敢再多提名。

黑板上只剩兩個名字，一個是默默，一個是斐恩自己。

「嘻！我要先說喔！我真的很忙啦！最近都睡不好，事情太多了，可能沒辦法勝任，不然我可能會累到昏倒的。」斐恩輕柔地提醒了幾句，台下男生立刻發出心疼的聲音。

「唉！那還是不要準備演講比賽了，多累啊！」

「斐恩就算啦！當班長已經很忙了，別參加啦！」

默默緊張得如坐針氈，她壓根兒沒想到不擅言詞的自己，竟然會被提名參加演講比賽……最恐怖的是，兩分鐘後，班上同學不是投票棄權，就是把票投給了自己。

「哇！太好了！那就決定由葛瓔默同學代表本班，參加演講比賽！」斐恩笑容滿面，衝著默默鼓掌，那表情卻像是在宣告著自己的勝利。

默默欲哭無淚，胃痛得幾乎要穿孔了。

「哦！這樣不錯，多讓些生面孔練習練習，代表我們班出去露露臉吧！」班導阿緯一臉爽朗地做了結論。

「默默之前社會課的演講也算有進步！」

「什麼『也算』有進步啊！誇獎得不乾不脆的……」尼克氣得碎碎唸道。

「這根本就是變相的迫害嘛！」

阿緯老師當然沒注意到尼克與默默的反應，仍維持著喜悅又親切的笑容。

「哦！這段時間，大家要多給默默鼓勵啊！老師也會幫妳特訓的……別擔心。」默默喪氣地低著頭，勉強望了老師一眼。

老師眼底的天真與樂觀，簡直讓她無福消受。

「真想放棄……今天怎麼會這麼倒楣……」

【第四章】美少年駕到

今天，兩個重責大任如手榴彈般猛然落在默默眼前，炸得她精力盡失，頭昏眼花。

「早上才知道自己成了佈置比賽的組長，下午又發現自己得去參加演講比賽……真是大禍臨頭。唉……」

默默走在放學的路上，心情很差，簡直想翹掉今晚的補習課程。

「加油啊！默默！」

過去半小時來，尼克已經很努力地安慰默默，都快詞窮了，這時他想起一句古文，連忙補上。

「默默，打起精神吧！『天將降大任於斯人也，必先苦其心志』……」

「唉……」

默默只是無精打采，駝著背走向黃昏的街道。

一想到心情這麼差，她根本沒心去補習班了，腸胃也不舒服，乾脆提早回家休息算了。

「尼克……我想回家了。」默默緩緩吐出這幾個字。

尼克緊張得牽著單車衝上來。

「咦?今天補的是妳最喜歡的作文耶!竟然說不想去……妳真的這麼不爽啊!」

默默有氣無力地點頭,與其說是不爽斐恩或佳萍,她更是氣自己。她氣自己不會說話,不會跟人互動,就算被別人強勢地對待,根本也無法替自己出頭。

雖然尼克總在她被欺負時挺身而出,事後也會不斷怒罵別人替默默出氣,但默默心中那個無力的黑洞,卻是越來越大。等到回過神時,默默連呼吸都感覺到痛。

「妳沒事吧?看樣子真的不太妙,我先送妳回家吧!」尼克有點慌張,雖然補習的時間已經快來不及了,他仍飛快踩著腳踏車載默默回家。

下車時,默默回頭望著氣喘噓噓的尼克,對他感到很不好意思。

「尼克,對不起呀!又把你扯進來了,今天還害你得陪我,參加那什麼佈置小組……」往後默默與尼克不只要顧課業,大概還得留下來做壁報佈置,默

默不僅委屈，更對尼克感到抱歉。不過，尼克望見默默無精打采的神情，卻爽快地露齒一笑。

「什麼嘛！我還以為妳要說什麼恐怖的事情呢！」尼克調過腳踏車龍頭。「我們是好朋友，放心啦！佈置一定做得完的，我才不需要我們班那些雜魚來幫忙呢！妳和我一起做就夠啦！」

默默感動得說不出話。尼克冒著汗的臉龐既堅強又樂觀，雖然脾氣火爆了點，但他真的是個很可靠的傢伙。

「別想太多啦！默默，身體不舒服就要乖乖休息！啊……補習時間到了，先閃人囉！」尼克跳上單車揚長而去，面對默默的不擅言語，他並不在意，也不會期待默默對他說什麼感動又感謝的話。

「我都還沒謝謝你呢……」望著尼克騎進黃昏巷弄的身影，默默心中除了感謝與溫暖之外，也對自己的木訥感到有些困擾。

雖然尼克不會計較默默是否有道謝，不過，默默仍認為即時把自己的謝意傳給對方，是很重要的一件事。

默默低頭揹好書包，走上家門的階梯，經過這漫長的一天，總算可以休息了。

不過，默默一進門卻發現，走廊上滿滿的是巨大紙箱與行李箱。客廳內傳來誇張的低沉笑聲。

不妙，有個不速之客來了！

客廳裡，默默的媽媽正與那名客人有說有笑，對方個性活潑，三言兩語，便讓憋在家裡一整天的媽媽眉飛色舞。

「哈哈哈！妳真的太妙了！」個性內斂的媽媽竟然笑得拍起手，默默想都不用想就知道對方是誰。

這個人跟她一向是童年的冤家……每逢過年過節回奶奶家遇見這個傢伙，默默必定受氣。

她緊張地深呼吸，悄悄走進客廳。

對方的背影跟默默記憶中的樣子已經有點不同，超級短髮配上耳環，加上瘦削的背影、男性化的黑色襯衫，瞧起來竟像個美少年。

「哦！默默啊？回家也不打招呼！」媽媽笑著說。

默默緊張地打量這個穿著像個美少年的堂姊，心中充滿疑惑，怎麼跟前幾年見到的樣子不太一樣？而且，堂姊看她的眼神也變得和善多了。

「的確是堂姊沒錯。」默默望著熟悉的五官。

原本她印象中的堂姊是個超愛欺負人的小胖妹，如今卻穿著這種帥氣中性的打扮，在路上不曉得會吸引多

少少女的目光呢？

「嗨！默默。我是碧文啦！認不出來啦？」碧文堂姊看默默吞吞吐吐的模樣，索性爽快一笑。

「哦……碧文堂姊好。」默默仍不太相信，眼前這個穿著高中制服的「帥哥」，竟是當年老愛欺負她的小胖妹？

「這麼驚訝啊？表情都寫在臉上了，哈哈！」其實，堂姊的低沉嗓音，默默一直都記得，剛剛一進門聽到她的聲音，默默也很快地就想起來了。

媽媽拍了拍默默的肩膀。

「別一直盯著堂姊看，失禮喔！哈！剛剛妳進來前，堂姊跟我說了很多有趣的事情……」

「沒有啦！哪裡有趣了，都很無聊啦！是您不嫌棄啦！」碧文笑了笑。

默默轉頭望著堆滿走廊的宅急便紙箱與行李箱，正在盤算要怎麼開口，堂姊就自己解釋了起來。

「默默，不好意思啊！我今天開始要在妳家住一陣子，因為妳爸媽是我新

的監護人。」堂姊還傾著瘦瘦的身軀鞠了個躬。

「要麻煩妳多多照顧囉！」

默默愣住了。

她是獨生女，從以前就不擅長和別人相處，更別說和這位小時候欺負過她的堂姊共處一屋了！

媽媽看見默默的表情，連忙解釋道：「唉呀！別對客人這種態度。這孩子雖然不會說話，倒是想什麼都直接寫在臉上。」媽媽甚至一副對堂姊很抱歉的模樣，而堂姊也得體又溫柔地揮了揮手。

「唉呀！沒什麼，默默文靜的個性很好啊！很有氣質！」

「哈哈！妳真會說話……」媽媽又被堂姊短短的幾句話取悅，眼睛都笑瞇了。

看在默默眼底，堂姊碧文身上簡直是有什麼神奇的魔法。

默默望著堂姊的嘴巴，聽著堂姊明朗又流暢的說話聲調，不，這魔法不是從堂姊身上散發出的，是從她嘴巴的每字每句開始的。

堂姊很會說話，默默正式注意到了這件事。她說出的話機智明朗又逗趣，流暢得像是讓人身心愉快的瀑布。

「阿嬸，那為了禮貌起見，我先把我為什麼搬到這裡來的原因，好好向默默說明吧！這也是表示尊重。」堂姊有條不紊地說。

「哦！妳確定要現在說明嗎？」媽媽有些擔憂，臉上神情複雜。

「阿嬸，就由我跟她說吧！這樣也比較直接，謝謝您，我沒事的。」

聽了這段對話，默默只是更加好奇，而堂姊正經而不失條理的語調，也有一種溫和的力量，讓她竟然自動乖乖在沙發前坐好。

「其實，默默……我爸媽，也就是妳的大伯大嬸，都被診斷出初期癌症，現在兩個人在美國親戚的幫助下，一起去加州治療了。」

「哦……」默默震驚之餘，試圖想說些安慰或者緩和的話，但卻尷尬得不知道該如何表達。

她怕萬一說錯話，腦子已經轉了幾圈，就是說不出口。

媽媽認定默默這樣沒有禮貌，因此瞪了她一眼。

「真是沒教養的孩子……至少也該說個『請大伯大嬸保重』這樣的話吧！都要升高中了，還這麼遲鈍！」

「嬸嬸沒關係啦！」碧文再度出口，溫馨地替默默解圍。

「默默，我爸媽的健康應該是可以控制住啦！他們只是換個環境休養。因為我未達獨立的法定年齡需要監護人，所以這幾個月暫時搬來妳家住，也請多多擔待囉！」碧文說完還微微鞠躬，談吐流暢，又不失禮貌。

「以前那個老愛欺負人的小胖妹去哪了？」默默心想。

「嗯！歡迎堂姊。」默默語氣彆扭，勉強回應道。

「媽，我有點累，先上去躺一下喔！」默默想起今天學校發生的事情，頭和胃又分別痛了起來。

她虛弱地起身，拿著書包走上樓。媽媽和堂姊碧文一路在後頭看著，面面相覷。

「默默好像有點沒精神啊！」碧文問。

「平常就已經很安靜了，今天感覺更沒精神了，不曉得心裡在想什麼。」

她們的對話雖然沒惡意，聽在默默耳裡卻很淒涼。

默默把書包放到房間架上，倒頭躲進被窩。

半夢半醒間，她聽見樓下的腳步聲不斷走到樓上客房，想必是堂姊碧文在搬行李吧！瞧她把一堆家當都帶來了，到底要待多久呢？

白天在學校要面對班上那群女生，晚上回家又要跟堂姊住在同個屋簷下，真是讓人煩悶。

就在默默半夢半醒之際，時針已經過了九點。媽媽在樓梯口氣急敗壞地喊默默起床吃晚餐。

「我身體不舒服！」

「怎麼突然不舒服？要不要喝點水？」媽媽倒是緊張了，連忙拿了熱開水進房門。

此時，默默房外的電話響了。

「喂？」媽媽怕吵到默默，連忙接起電話，語氣卻顯得很驚訝。

「哦……好的……默默，有人找妳。」

「誰啊？」默默不耐煩地想縮回棉被裡。

「是妳們班長。」

一聽到是斐恩，默默翻了翻白眼，連忙搖手，只差沒躲回被子裡。

「不好意思，她不方便講電話。」媽媽對著話筒說：「能等明天到學校再說嗎？嗯！好。掰掰。」

默默喝了溫開水，勉強將不爽的心情按捺下來。

「她打來幹嘛？」

「說是要跟妳講佈置小組的事情，她說她想加入佈置小組。」

「我才不相信！」默默不以為然。

「什麼啊？」媽媽一頭霧水。

「妳這彆扭的孩子，到底為什麼氣成這樣？妳不說的話，媽媽是不會知道的，說吧！」媽媽溫柔地在默默的床邊坐下，眼神專注地望著默默。

默默一向嫻靜的神態早已不見，取而代之的是滿臉的焦躁與怒氣。

「我們班長早上才陷害我，害我當了佈置組組長，把我搞得壓力好大，她和她的跟班卻自己退出，現在又打電話來說要加入，神經病啊！」默默連珠砲地罵道，媽媽的表情也從疑惑轉為哈哈大笑。

「唉呀！我的女兒竟然氣到罵人了，這還真是罕見哪！嘻嘻……」媽媽淘氣地拍著默默的肩。

「早就叫妳有話要說出來，跟家人分享分享……」

默默嘆了口氣，雖有種被看穿的感覺，心裡卻也覺得舒坦了些。

「不過，我聽不太懂耶！什麼叫做班長陷害妳？」媽媽天真地睜大眼睛。

「難道在學校發生什麼嚴重的事情了？」

默默原本想回答「說來話長」，但看到媽媽擔憂的神情，自己此刻心底又煩悶，實在不想解釋太多。

如果把國一到國三的恩怨全部說出來的話，媽媽一定會很擔心，都最後一學期了，忍忍吧！反正，畢業後也不用看到這些人了。

默默心念一轉，勉強對媽媽露出微笑。

「沒什麼啦！只是朋友吵吵架……我會自己解決的。」

「真的嗎……」媽媽正要繼續問，門外傳來堂姊碧文的聲音。

「嬸嬸，不好意思，請問您這裡有新毛巾可以借我用嗎？」

「哦哦！馬上來！」

眼看碧文轉移了媽媽的注意力，默默也鬆了口氣。

雖然不曉得斐恩明天又要給她找什麼麻煩，但默默已經做好面對一切的心理準備了。

【第五章】斐恩的變卦

一早，默默拎著書包出門，穿著新制服的堂姊碧文笑容滿面地追了上來。

「嘿！默默，一起走吧！我的高中也在妳們學校不遠！」

對於開朗又親切的碧文，默默感到很難應付，她覺得堂姊很煩，又不知道該如何回應，正在詞窮之際，堂姊的手已經熱情地勾住默默。

「默默，昨天晚上我英雄救美的表現，妳還滿意吧？」

「什麼？」

碧文笑著解釋道：「昨天啊！妳和妳媽媽不是在聊一件讓妳不開心的事情嗎？她一直在問學校的事情，妳又不想回答，我在門外碰巧聽到了，就順勢把妳媽媽叫走囉！」

原來昨晚的對話，碧文都聽見了。才剛到這裡借住，就偷聽別人的對話？默默感覺隱私權被侵犯，頓時又氣了起來。

「唉呀！又在生悶氣囉？」碧文換了個正經誠懇的語氣。

「也是啦！偷聽妳們講話的確是我不對，不過我本來就想跟妳媽媽講話，才不小心聽到……別氣啦！畢竟我也幫妳解圍啦！」

默默心裡清楚，碧文大概是沒惡意，而她昨天把媽媽支開，也的確讓自己省了不少麻煩呢！

就在默默試圖把碧文的行為解釋為好意之後，碧文帶著特別認真的表情，站到默默前方。

堂姊妹倆停下腳步，在大街上面對面。

「默默，有一件事我還沒跟妳道歉，以前我小時候常對妳大小聲，又故意打妳，真的很抱歉。」碧文還深深地鞠了個九十度的躬，把默默弄得驚訝又尷尬。

「妳……不用在外面這樣啦！」

「不，有些事情一定要說清楚，該道歉就要道歉，小時候我不懂事，現在都唸高中了，不能再這樣了。」碧文抬起臉，表情嚴肅，語氣沉穩。

「我真的欠妳一個抱歉，對不起。」

「嗯……好啦！」默默為了趕快再度邁開腳步上學，有些敷衍地答著。碧文露出男孩子氣的笑容，配上她那頭俏麗短髮，模樣真像個陽光少年。

「謝謝默默，妳肯原諒我就好！」

「嗯……都很久以前的事了。」默默正低頭想走，碧文卻猛然抓住她的手腕。

「怎……又怎麼了？」這個堂姊到底要做什麼？

只見碧文眼中流露著一絲擔憂，方才正經八百的模樣再度回到臉上。

「默默，我是想問……妳……是不是在學校被欺負了？」

默默彷彿全身被雷劈中般，動彈不得，連個聲音都發不出來。

「怎麼了？」碧文瞪大眼睛。「是不是真的有人欺負妳呀？」

欺負？默默不知道自己這樣算不算被欺負？應該也還好吧？不過，斐恩和接踵而來的演講比賽、佈置比賽，的確給她身心帶來好大的壓力。

默默正思考該怎麼回答堂姊，堂姊就摸了摸她的頭。

「嗯！我是看妳常常心不在焉，又壓力很大的樣子……反正，有事的話，隨時來找我商量喔！我有對策的。」

大概是怕默默難堪，堂姊輕描淡寫地帶過這段對話，逕自往前走。兩人一路都沒有再說話，直到默默的學校近在眼前，堂姊主動和她說了聲「掰掰」才離去。

「什麼嘛……突然跟我道歉，又問我是不是被欺負，堂姊真奇怪。」默默難以理解堂姊為什麼突然那麼熱心，但她知道，此刻的堂姊倒還挺有姊姊的溫馨風範，也挺中用的。默默一直是家中的獨生女，難得有同輩的年輕人願意關心她，這感覺倒也不壞。才剛想完堂姊的事情，耳邊便傳來熟悉的呼喊。

「默默！哈囉！」陽剛又帶點英文腔調，默默回過頭，這聲音不用猜都知道是尼克。

「嗨！尼克。」

「妳身體好點了吧？我今天本來要騎車去載妳，但睡過頭啦，Sorry！」尼克道歉著，莽撞又熱血地騎著單車，緊急把車子煞在默默身邊。

「上來吧！我載妳到校門口。」

「不用啦！過個馬路就到了……」默默苦笑道。這還是她今天第一次不自覺地笑呢！而尼克看到她恢復精神的模樣，神情也放鬆不少。

「今天也一起加油吧！默默！管他什麼佈置、演講的，走就對啦！」尼克直爽的語氣讓默默也不禁開朗起來，他們相視而笑，一起穿過教學大樓準備進教室。

頭戴珠寶髮飾的斐恩，正站在教室門口東張西望，雖然一看就是個身形優美的大美女，但臉上卻掛著讓人不寒而慄的緊繃表情。

「哼！臭婆娘又想幹嘛？」尼克防備地說。

此時，斐恩已經快步朝默默走來。擺明就是衝著默默來的，一想起昨晚斐恩打來的電話，默默更是腦中如白紙般空蕩蕩，又不知道該做何反應。

「昨天我有打給妳。」斐恩笑呵呵地說，但大眼睛裡卻閃爍著一絲責備之意，肯定是在怪默默沒回撥給她。

「嗯……」默默索性直接問了：「妳……妳有什麼事？」

「哈哈！也沒什麼事啦！」斐恩笑著嘟起櫻桃小口。

「就是……想請妳這個佈置組長，讓我代表妳去開會！」

「開會？開什麼會？」默默一頭霧水。

尼克則在一旁皺起眉頭。

「今天午休有幹部會議，是召集各班的佈置組長去開會。不過，我怕妳午休沒睡太累，就由我來代替妳去吧！」斐恩一副超級好心的模樣，字句鏗鏘有力。

「等等，妳不要看默默好說話，妳到底在安什麼心？」尼克認為事情不對勁，一個箭步走上來。

斐恩見狀雖是防備地往旁邊退，但臉上再度堆起笑容。

「嘻！我這個班長也想幫忙分擔默默的工作嘛！雖然我不是佈置組的，不過偶爾遇到開會也可以讓我去，我可以幫忙。」

尼克與默默面面相覷，實在不知道斐恩想打什麼主意。要一群國三生在午休時間去開會，的確是個有點累人的差事。

尼克沒別的想法，只是用眼神暗示著默默自己決定。

默默瞧著尼克，又轉頭打量斐恩，此時的斐恩露出甜得像蜂蜜般的笑容，彷彿在等待默默的答應。

「我……我是組長，所以，我去開會就好。」默默的語氣仍舊跟往常一樣不太流暢，但眼神卻流露出難得一見的堅定。

斐恩立刻換了個臉色。

「什麼啊？虧我還那麼好心替妳想，說要代替妳去！妳別敬酒不吃，吃罰酒喔！」

看見斐恩兇人，尼克也沉不住氣了。

「等等，妳是班長，所以就要聽妳的嗎？默默才是佈置組的組長吧！這種事情不需要妳假好心來插手！」被比自己高一個頭的男生如此罵道，斐恩氣得漲紅了臉，優雅的身段完全消失。

「你有什麼資格說我假好心啊？我明明就是想幫默默分擔工作耶！」

「妳又不加入佈置組，卻突然說要幫忙開會，本來就很奇怪啊！」尼克認為自己只是說出事實，當然要據理力爭。此時班上的同學已經聽到爭執聲，紛紛跑出來看。

「班長妳沒事吧？」

「發生什麼事了？斐恩，尼克又欺負妳囉？」

斐恩突然把頭一低，任憑秀髮遮住臉上表情，雙手也隨之摀住臉。

「嗚……嗚……我只是想幫忙……」

「班長……班長妳怎麼哭了啊？喂！尼克你幹了什麼好事！」班上男生群情激憤，女孩們也紛紛破口大罵。

「一定是尼克的暴力傾向又出來了，剛剛還對斐恩罵很難聽的話……」

「默默，妳就這樣讓尼克欺負斐恩喔？女生不挺女生，要不要臉啊！」同學們連默默也罵了下去。

尼克瞪大眼睛。

「沒搞清楚不要亂罵，臭八婆！」

「你才是美國豬啦！美國回來的了不起啊！」

女生們轉而攻擊尼克的出身。這不僅是刻意羞辱，更是觸怒了尼克。

「不要動手……尼克。」默默緊抓著尼克的手臂，怕他揮拳傷到人。同一時間，她自己也委屈得掉下眼淚，卻不知道該怎麼辯解。

尼克繼續想高聲解釋，卻被其他男生動手壓住。默默眼前的同學們，頓時成為一頭頭失控的野獸，全把矛頭對準他們叫囂。

「現在……該怎麼辦……我要說什麼，才能表達我自己？」默默憤怒又無助，全身發抖。

她試著想說明事情的來龍去脈，但大家不但不聽，反而出手推擠尼克，種種混亂的局面使得默默更加不知所措，原本腦中努力組織出的字句，也隨被憤怒的人群一一打散。

所幸班導師阿緯聽到騷動，趕來制止。訓導主任則是氣呼呼地吹著哨子，高頻的哨聲總算讓吵架的人群安靜下來。

「你們都給我冷靜！安靜！不然我全數記過！」主任吼道。

默默抓著尼克，全身害怕得顫抖。這群不明就裡紛紛指責他們的同學，讓她感到惶恐，訓導主任與班導阿緯的怒氣也嚇到她了，但讓默默感到害怕的，還是她自己。

因為她什麼也不說——既不敢說、更不會表達，種種安靜且逆來順受的行徑，只是讓同學們更加暴躁氣憤，甚至把矛頭對準她最要好的朋友尼克。

望著尼克被訓導主任帶走時的孤單身影，默默的眼淚也潰了堤。尼克雖然被主任帶走，但仍不放心地轉過頭望向班上的方向，似乎還在擔心默默。

他的臉上當然有疲憊與憤怒，但更寫滿了無奈和無助。

「如果……如果我可以做點什麼就好了……」默默坐回座位，雙手抓住制服裙擺。

「如果，我能更會講話、更知道怎麼應付這些人……該有多好……」

隔壁班的同學聽到騷亂，早已幸災樂禍地跑來看熱鬧。

「哈！妳們班剛剛在幹嘛啊？好瘋狂喔！」

「沒有啦！就我們班長被班上的美國流氓欺負啦！」

「哦哦！那個很高很壯，從美國回來的喔？」

「他以為他在演電影喔！動不動就那麼激動，我們班長差點被打耶！」聽到同學們對尼克的譏笑嘲弄，加上種種不實的指控，默默奮力地站起身。她快速而安靜地挨近那群說閒話的同學，冷冷地看著他們。

雖然說不出什麼聰明話來幫尼克辯解，但默默難得翻臉的模樣，卻也帶著不小的震撼作用。

「妳幹什麼？」同學們被默默冷峻又強勢的模樣嚇到了，頓時靜了下來。而默默也沒打算回到座位，而是在深呼吸之後，快速離開教室，前往訓導處。就算結巴又不擅表達，她也要說出真相，幫助被誤會的尼克！

默默邁著穩定的步伐，獨自走過寂靜的走廊。

訓導處的位置在行政大樓，很少擔任幹部的她，一向沒有膽量與心情接近這裡。然而，一想到總是與她共進退的尼克，默默心中就慢慢漲起不甘心的情緒，步伐也越來越快。

此時的默默，還不曉得，她的生活即將激起翻天覆地的變化。

【第六章】

請聽我說

訓導處的行政人員帶默默到主任辦公室。裡頭很平靜，只聽得到冷氣機運轉和主任問話的聲音。

默默敲了敲門，椅子上的尼克轉過頭驚訝地望著她。

「妳怎麼來了？他們沒有再罵妳了吧？」

「我要來……說明剛剛發生的事。」雖然仍很緊張，但默默試著一字一句把話說清楚。

不擅言詞、又第一次進到訓導處的她，文靜的小臉漲紅著，心臟也狂跳，眼鏡鏡片下的眼神卻真誠而堅毅。

「訓導主任，請……請聽我說。」

「就聽我們班上的孩子怎麼說吧！」導師阿緯看了，雙眼也流露出憐惜之情。

「嗯……剛剛，原本是班長斐恩找我談話，尼克也只是在旁邊聽……」默默決定就算用蝸牛拉車的速度，也要把話說完。

說也奇怪，當她試著把句子放慢時，一切都容易多了。

這裡只有長輩與尼克，沒有那些老是吵鬧打斷她的同學，默默即使口吃也不會被譏笑。

總算聽完了默默的陳情，訓導主任看看剛直憤慨的尼克，又瞧瞧氣質嫻靜的默默。最後，主任收斂住原本的怒色，換回稀鬆平常的語氣說道：「看來這件事，可能是誤會你們了。班上同學吵架在所難免，只是你們千萬要記得，有事情要找師長回報，不要私下解決，用語言暴力、肢體暴力都很不好。」

尼克正想回答：「我本來就知道！」

默默卻充滿默契地輕拉住他的袖子，與他交換了一個眼神。

「嗯……」尼克知道多說無益，便閉上了嘴，等主任訓話叮嚀完，便與默默相偕走出訓導處。

「啊！天空真藍！」危機解除，尼克在走廊上伸著懶腰，粗神經的模樣讓默默看了也不禁笑出來。

默默微笑的原因，也有一部份是因為替自己感到開心。

她露出坦然的微笑，鏡片後的雙眼也炯炯有神。

「原來，自己說的話被傾聽，感覺是這麼地好！」

「是啊！還好有默默來救我。」尼克語氣調皮，但眼神卻澄澈而認真。

「平常啊……默默話太少了，其實妳口才很好啊……」

「別笑我了……」

「真的……而且，很謝謝妳來幫我。」尼克輕輕拍了拍默默纖細的肩膀。

他與默默就像是黑熊與白兔般並肩走在校園。

尼克壯碩高大、膚色黝黑，默默則細緻白皙、個頭嬌小，即使身高相差很多，個性也一熱一冷，卻是無話不談的朋友。

像今天這樣，即使被班上同學誤解辱罵，尼克與默默也體會到彼此扶持的溫馨感受。因此，即使回班上之後還得遭受同學們的酸言酸語，尼克也不那麼生氣了。

對他來說，默默寧靜而勇敢的應對，反而給了尼克不少穩定的力量。

就這樣一直到了午休時間，尼克以佈置小組的副組長身份，陪同默默去開會。

「哼！剛剛從教室出來時，斐恩那臭婆娘一直在瞪我們呢！」尼克爽快一笑。

「她好像很想來開這個會議，不知道在安什麼心。」

「我也不知道。」默默苦笑地搖搖頭，她不想猜測斐恩高深莫測的想法，只是把心情專注在即將參加的會議上頭。

會議室位在行政大樓頂樓，涼爽的冷氣呼呼的吹著。

從國一到國三，每個班級的代表都來了，讓學校的會議室好不熱鬧。

不過，尼克與默默在學校一向低調度日，也沒什麼好人緣，自然找了個不顯眼的位置坐下。

會議很快地開始。

「各位同學，相信大家的班導師都有提過了，這次的班級佈置比賽，將採用分組的方式進行……與往年每個班級互比的形式，很不一樣。」

眾人譁然，默默和尼克倒是沒聽過新賽制，全都緊張地豎起耳朵。

主任鎮住大家的秩序後，再度緩緩開口。

「新的比賽方式是每個年級、各拆成八組比賽。因為聽說今年的佈置幹部人手都變少，學校為了不讓各位同學的工作量太大，就將不同的班級『併組』進行比賽。」主任言下之意，是每個班級的小組，將和別班一起合併成一個大組。

也就是說，尼克與默默將和其他班的同學一起合作。

「舉例來說，三年一班會和二班併組，三班和四班併組。所以，每個年級一共有八組來比賽，每個班級都會和別班一起合作。」主任說完還露出沾沾自喜的微笑。

「這是家長會和校務人員共同的決定，各位同學如果不想參加，也可以棄權退賽……」

「幹嘛退賽？」尼克恍然大悟地笑了。

「和別班併組的話，這樣我和默默的人手又增加了呢！」

默默開心地點頭，也覺得這是個好主意。

會議開完之後，尼克和默默所屬的「三年八班」，確定與「三年七班」合併。

「啊！我們先去跟三年七班的人打聲招呼吧！今後就要一起合作佈置比賽了！」大方的尼克如此提議道。

內向的默默正在盤算，眼前卻來了個讓她開心不已的人影。

「嗨！」對方戴著棒球帽，臉上掛著有些疲憊卻陽光的微笑，一身棒球衣帽，顯然是剛練習完就來開會的。

默默和尼克認出他了。

「我是七班的黎凱祐。」

「哦哦……我們聽過你耶！從國一就聽過了，哈！」尼克看見大名鼎鼎的校隊隊長，也不禁露出榮幸的表情。

「我們是八班的謝翼民和葛璦默，叫我們尼克和默默就好。」

還好有尼克在一旁自我介紹，才不至於冷場。

默默的臉頓時紅到耳根，想說什麼也完全忘了，甚至不好意思直視凱祐的臉龐。

「哦！尼克，你好，你是組長嗎？」凱祐禮貌地笑笑。

「我是七班的組長。」

「我們班的組長是她。喂！默默。」尼克用力撞了撞默默的肩膀，將她瞬間撞回神。

默默勉強抬起頭，望著凱祐充滿好奇的目光，她什麼話都說不出來，只是點了點頭。

「因為這次七班和八班併組一起比賽，所以往後還

要請你們多多幫忙囉！」凱祐瞧向害羞的默默，又望著尼克，露出一口白齒笑著。

「哦哦！沒問題。」尼克一面覺得默默好奇怪，怎麼都不說話，一面對凱祐禮貌微笑。

「也許之後我們可以一起開個會。」

「好啊！不然放學後一起去喝杯飲料，聊看看佈置比賽有什麼想法。」凱祐又望向默默，這次默默已經整個人慌忙躲到尼克碩大的背後。

「剛剛妳到底在做什麼？」凱祐走後，尼克埋怨地瞪著默默。

「妳怎麼都不講話，也不看著對方？這樣很沒禮貌耶！」

「我……」默默怕尼克發現自己臉上的紅暈，只是繼續低著頭。

尼克對於默默的反常行為完全不了解，他依舊是個遲鈍的護花使者，陪默默走回教室。

而默默的心中，起了一陣興奮又害臊的漣漪。

此時，身邊的尼克卻像發現新大陸般，激動地叫了出來。

「啊！我知道怎麼一回事了！」

「什……什麼？」默默以為自己的少女心事被看穿，緊張地抬起頭。

「斐恩啊！」尼克表情氣呼呼的。

「我終於知道早上斐恩為什麼那麼積極，說要幫我們去開會，還惱羞成怒了！」

默默還不明白尼克的意思，此時，他們已經快走回八班教室了。

這時只見原本應該還在午睡的斐恩，帶了一兩個幹部等在教室門口。斐恩的模樣坐立難安，一臉浮躁。

默默很少看到她這個樣子。

「葛璦默，開會開得怎麼樣啦？」斐恩刻意露出友善的笑容。

「有宣佈什麼事情嗎？」

「嗯！很多事情啦！」尼克搶先幫默默回答，匆匆拉了默默就要進教室。

「等等，我是班長。」斐恩擋在門口。

「你們不覺得開會完應該要主動跟我報告開會的內容嗎？」

「為什麼要主動告訴妳？又不急！下週班會再說吧！」尼克的態度強硬，默默也搞不清楚他怎麼突然又生氣起來，難道……

「我早就識破妳的詭計了！」尼克咆哮道。

「我只是想給妳這個臭三八留點面子……」

「尼克又罵人了啦！」斐恩的兩個女跟班尖聲叫了起來，吵醒了班上午睡的同學，大家又紛紛跳起來看熱鬧。

「尼克你怎麼一天到晚惹事啊？態度超爛的！」其他同學再度指責尼克，眼看尼克又要跟同學們吵起架，默默連忙抓住他的手，想回到座位。

她真的受夠尼克和斐恩之間的口角了，雖然默默明白尼克罵人是為了保護她，但是，難道沒有更聰明、更好的辦法了嗎？

這個疑問，一直存在默默的心底，揮之不去。

經過了混亂的一天，尼克和默默完成了補習班的學業。說真的，每當放學一離開學校，他們的心情總是輕鬆許多。

讀國中的這兩三年來，尼克和默默經常被排擠、誤會、引起爭吵，他們真的疲於應付了。

特別是默默，每當看到尼克為了保護自己，被班上同學群起攻之，甚至被罰留校察看，默默總是感覺到心酸又無力。

如果她能更會說話、更會解釋，或許事情就不會那麼糟了。這個想法今天在默默的心中不斷醞釀，似乎已經到了發芽的階段。而尼克今天被叫去訓導處之後，默默的態度也隨之轉為堅強、強硬。

今天她甚至還對班上同學嗆聲，要他們不可污辱尼克，這還是她第一次敢這麼「大膽」。

「唉！又是累人的一天……今天也發生太多事了。」一向多話的尼克，在返家的路上，也不斷地說話鼓勵默默。

「默默，妳別被斐恩那臭婆娘嚇到了，她就是愛整妳，妳一定要把佈置比賽做好，也要認真準備演講比賽，好好給她下馬威喔！」

尼克的鼓勵聽起來熱血又溫暖，默默不禁露出感動的微笑。

「嗯……謝謝尼克，至少……還有你當我的朋友。」

「哈！我會害羞啦！不要再謝我了！」尼克尷尬地擺了擺手，隨後眼睛一亮。

「啊啊！對了，我剛才話還沒說完，我好像抓到斐恩的小辮子啦！」

「咦？真的嗎？」

「當然囉！」尼克驕傲地點點頭。

「妳想想，今天她怎麼突然變積極、想代替妳去開佈置比賽的會議？」

「我不曉得……」

「唉呀！當然是跟七班的棒球校隊隊長，黎凱祐有關係！」尼克斬釘斬鐵地說，眼神既篤定又自信。

而聽到凱祐的名字，讓默默不禁又緊張了起來。

「咦？什麼意思？黎凱祐跟斐恩有關係嗎？」

「我是不知道有什麼關係，但斐恩一定是聽說七班和八班要合併比賽，又知道凱祐是七班組長，才那麼積極的！」尼克越說越起勁，高聲分析道：「妳

想想，凱祐又高又帥，是出了名的好脾氣大帥哥，個性好，運動又行，學校一堆女生喜歡他，能夠逮到跟他相處的機會，虛榮的斐恩怎可能放過？斐恩一定是喜歡凱祐！」

「哦哦……」聽到尼克這麼說，默默心底有些酸酸的，既挫敗又難過。因為默默明白，如果斐恩看上凱祐，那麼漂亮多金、口才又好的斐恩，絕對非常有勝算。

想到這裡，默默不禁失落了起來……

「總之啊！我總算知道斐恩在打什麼主意了！她就愛找這些小道消息，圖利自己，真是過份！」尼克興致勃勃地分析，這才發現自己該將單車轉向了。

「啊！顧著講話，走過頭了……我家在那條路，先走囉！默默再見！」在丟完剛剛那個「震撼彈」之後，尼克根本沒意識到默默的心情再度盪到谷底。

默默打起精神朝尼克揮手道別。

但當尼克一離開，獨自一人走在黑夜底的默默，卻感到煩躁又孤單。

「原來斐恩是因為聽到風聲，搶先一步知道凱祐可能會跟我們同組，才突然那麼積極……」默默一想到斐恩的氣勢與她耀眼的美貌，心都涼了。

也就是這時，默默才發現，自己原來也跟學校大多數女生一樣，對凱祐有著浪漫的想像。

回過神時，晶瑩的淚已經滑落自己的臉龐，默默趕忙擦了擦。家門前，堂姊碧文的單薄身影正提著曬衣籃在收衣服，她眼尖地發現默默，豪邁地揮了揮手。

「哦！默默回來啦？聽說妳有補習，難怪這麼晚回來！咦……妳……」

默默低頭不語，她知道堂姊一定是瞧見自己發紅的眼眶了。

堂姊碧文打量著默默，她是個聰明人，從昨晚和今早的互動，她當然知道默默一直有事情瞞著家人，如今看到默默淚眼汪汪地回來，難免也擔心。

「默默啊……」

碧文輕輕抓住默默的肩膀。

「學校裡是不是有人找妳麻煩？」

聽到跟早上類似的詢問，默默心情一陣翻湧。

是啊！她的確是遇到麻煩了……為什麼要一直掩飾呢？為什麼不試著把問題說出來呢？

這次，默默不再極力否認，而是安靜地點了點頭。

【第七章】特訓課

「先……先進門吧！我們回妳房間，妳再告訴我。」堂姊碧文被默默認真而坦然的表情給嚇了一跳，不過，她也很高興默默願意接受她的關懷。

堂姊接過默默的書包，輕輕拍了拍她的背。兩人回到默默的房間，面對面坐著。

此刻，默默的神情既不安又充滿自卑，但卻少了些許無奈。

默默已經知道束手無策的感覺是多麼無力，不過，今天發生的爭吵也成為了契機。雖然只是努力對訓導主任去表達自己的意見，卻讓事情有了一點點轉機。

「我真的……必須要改變了。」默默對自己說。

以往，默默或許會靜靜地承受種種學校發生的不公平，然而看見今天尼克與她被逼進絕境中、最後卻靠著兩人的冷靜表達才脫困，默默也體會到，會說話真的很重要。

默默對堂姊解釋了種種挫折，她不想再為同樣的事情掉眼淚了，眼神也變得澄澈起來。

「今天，尼克被陷害，被叫到訓導處了，面對理性的長輩，我或許有辦法讓他們聽我說，可是……我卻沒辦法讓班上的同學們聽我說。會說話，真的很重要……」

「嗯！會說話真的很重要。」碧文雙手抱胸，表情苦澀地傾聽著。

「以前因為不會說話，我也吃過虧，被誤會不懂得怎麼反駁、也不曉得怎麼拒絕又不得罪人……連保護自己都沒辦法。」

「原來堂姊也瞭解這種感覺……」默默有些驚喜。

原來，這社會真的充滿了這麼多「不會說話」的人？其實，她有時候好羨慕尼克，他說話總是直來直往，雖然有時候太傷人了，也容易跟人起衝突、被誤會，可是，像自己這樣什麼都不敢說、也不懂得怎麼說……遇到報告還會結巴，更是慘上加慘。

「我想，班上愛找妳麻煩的那些人，應該都很會說話吧？」堂姊一針見血地問，默默聽了猛點頭。

斐恩何止會說話？她甚至很會察言觀色，懂得在什麼人面前說什麼話……

默默將斐恩的事情也告訴了堂姊。

「才國三就這麼奸巧？我看她是太會說話了！」碧文露出了一個噁心的嘴臉，逗默默發笑。

「我跟妳說，雖然斐恩那種人很八面玲瓏，可是做人還是要真誠啊！像她那樣，夜路走多一定會碰到鬼！」碧文的語氣同仇敵愾，聽起來跟尼克好像，默默感到很親切。

「好啊！我就幫妳想辦法治治她！來個『各點擊破』！讓那傢伙好看！」碧文豪氣地掄起拳頭。

「首先就從妳的佈置比賽和演講比賽開始！」

「咦……演講比賽是真的需要堂姊的幫忙，可是，佈置比賽還需要會說話嗎？」默默瞪大眼睛。

「當然！依我所見，斐恩那傢伙一定還會因為佈置比賽的事情繼續找妳麻煩，妳要是不懂在言語上反擊的話，可就又要被吃死死的了！」

碧文的一席警告，真是拳拳到肉，讓默默的一顆心死灰復燃。

「妳聽好囉！從現在開始，每天我們都要做問答練習，我會列出幾個斐恩那種人常用的講話招式，妳就學習防禦，這樣才是最好的反擊，不要再被吃得死死的了！」

堂姊說著，自己也興奮起來；默默的目光變得灼熱又專注，聽了猛點頭。於是，堂姊與默默就這樣展開了特訓。

「老師，這是我為演講比賽做的練習。不好意思，拖了這麼久。」默默恭謙地淺笑著，雙手將一疊稿紙遞給導師阿緯。

「哦哦！這是我之前要妳寫的講稿練習嘛！」阿緯露出高興的微笑，掛著粗框眼鏡的臉也柔和了起來。

「太好了！老師今天就抽空看，放學和妳討論。」

「好……謝謝老師。」默默的眼睛雖然仍不敢直視老師，但講話的神態稍微有自信了。這點，眼尖的阿緯老師也看在眼底。

一向話很少的默默，敢自己走到教職員辦公室、主動跟阿緯講話，也讓阿

緯很欣慰。

不過，這是默默在家裡對著鏡子練習好幾次的成果。原本有點膽怯的她，還拖了兩三天才敢採取行動、主動交稿給老師。如今，看到阿緯老師充滿肯定的笑容，默默心底也豁然開朗。

這天午餐時間，尼克與默默帶著各自的便當，來到操場的草坪。兩人靜靜坐在樹蔭裡，遠離班上的人際關係，默默的神情也自在不少。

尼克問：「妳把講稿交給阿緯老師了嗎？」

「交了！」默默難得露出如釋重負的輕鬆神情。

「哦！答得很大聲耶！看來心情很好！」尼克也笑了。

「其實……我打算先用寫的，然後把內容全部背得滾瓜爛熟。」默默描述著自己的策略，眼神發亮。

「阿緯老師先前跟我講得沒錯！寫講稿時，就感覺跟寫我們最喜歡的作文一樣，在心裡說話，然後才寫出來。」

「哦哦！好深奧啊！不過，作文算是默默的強項，按部就班來應該沒問題的！」尼克猛點頭。

「來，要不要吃我媽媽做的紐澳良雞翅？很辣喔！」就在尼克與默默閒話家常的同時，遠方草坪走來一個穿棒球制服的帥氣男子。棒球帽緣下方的清秀臉蛋望著默默與尼克，待走到一定的距離之後，他才揮手出聲。

「這不是八班的組員嗎？是尼克和默默吧？」來者正是同個佈置小組的七班組長——凱祐。

默默緊張地把嘴裡的辣雞翅吞了下去，躲到尼克身後猛喝水，臉色漲紅無比。

「嗨！凱祐！」尼克大方地打招呼。

「每次放學看到你都在練習，我和默默又不好意思打擾你，所以我們到現在都還沒開會。」

「哈！這真的是我的錯啦！不好意思。」凱祐爽朗一笑。

「所以我現在自己來找你們討論啦！你們怎麼在這裡吃午餐？約會喔？」

「哪有啊！你快坐下來吧！」尼克將草地上的雜物豪邁踢開，凱祐則是舉

止大方地坐到默默對面。默默依舊是滿臉通紅，躲在尼克背後。

「默默，妳幹嘛？」尼克慌張地問。「啊！該不會被紐澳良辣雞翅給噎到了吧？」

「唔……」默默不敢說，自己其實是看到凱祐才滿臉漲紅，急忙點頭又搖頭。凱祐則是憂心地看向默默，好不容易，默默吞了幾口溫開水，才勉強鎮定下來。

被學校有名的男生看到狼狽的一面，默默更是說不出話。

「不好意思，我們放學再約吧！」尼克索性對凱祐這麼說。

「沒關係，我好多了……」默默心想也是該討論佈置比賽的事情了，索性鼓起勇氣。她的這句話，讓原本起身的凱祐立刻微笑著坐回去。

「真的沒事了吧？」凱祐問。

「嗯……難得你有空……」默默的眼睛仍不敢直視凱祐，不過，她終於鼓起勇氣跟凱祐說話了。

他們開始討論佈置比賽的事。過程中，也不知道尼克是真懂還是假懂，總是在默默詞窮或者尷尬時，幫她接話。

「總之啊……我有聽說別班的佈置比賽，都是以動物為主，我想有必要跟他們做的不一樣。」凱祐真誠地與他們交換意見，是個交談起來很舒服的人。尼克與默默也很快地與他取得共識，定好主題。

離開前，大家約定了一起買材料作佈置的時間。

「接下來我們應該也會變忙吧！我要準備棒球比賽……默默，妳也要參加演講比賽吧？」

「咦？」默默又驚又喜地抬起頭。

「你……你怎麼知道？」

「我看到各班演講代表的名單，被貼在公告欄啦！」凱祐回過頭，溫柔地笑道。

「加油喔！」

「嗯！」默默胸口一陣小鹿亂撞，受到凱祐的鼓舞，讓她暈陶陶的，眼神也不禁發亮起來。

之後，凱祐朝尼克揮了揮手，離開了。

「好啦！我們收拾便當吧！也快午休了，得回去了！」尼克拉起默默，而她的眼神仍直盯著凱祐離去的背影。

凱祐那句簡短的「加油喔」，一直縈繞在默默心頭，她沒想到演講比賽的事情竟然還會有其他人關心，心情又激動又感恩。深受鼓勵的結果，讓默默一放學便跑到阿緯導師的辦公室報到。

「哇！默默，妳來得好早啊！正巧，老師也把妳擬的講稿看完了！」阿緯眼中帶著喜悅之情。

「默默，妳寫得太好了！」

「真……真的嗎？」默默又緊張又興奮，雙手不禁緊緊握拳，體內也彷彿有股暖流在竄動。

「嗯！妳的講稿真的寫得很好喔！默默從國一開始，文筆就很好，老師不是跟妳說過嗎？閱讀、寫作和演講，都是表達能力的一種，妳接下來只要把這篇講稿讀熟，多多練習講話的聲調與神態，一定能夠贏得很漂亮！」阿緯老師比手畫腳，語氣激動，熱情地鼓勵道。

「默默，不然妳今天直接來練習個十分鐘吧！」阿緯看到默默的態度積極許多，便希望能一鼓作氣、替她加強弱點。

默默想了一下，老師說得也對，便決定留在辦公室的沙發旁練習。但一想到要練習演講，她的神情仍不自覺地緊繃起來。

「來，不如今天妳先練習朗誦講稿的第一段吧！」

「老師、評審……各位同學大家好，我是八班的葛璦默……『葛』是諸葛亮的葛……」唸起稿時，默默竟覺得先前那種彆扭尷尬的感覺又回來了，越唸下去，越是渾身不對勁。

「默默啊！記得聲音要放大點，不要壓著喉嚨講話，聲音會出不來喔！」阿緯老師在一旁好意提醒。默默立刻照做，只是她覺得好像還是哪裡卡卡的，雖然明明是自己寫出來的文章、也對內容頗有自信心，但默默唸起來卻老是找不到標點符號，語氣也越唸越奇怪。

「默默，別急，慢慢唸，看清楚再唸。」阿緯老師的臉色稍微沉了下來，

不過說話音調還是很有耐心。

「要不要再重新唸第一段呢？放輕鬆，來。」光是第一段的自我介紹與開場部份，默默就唸得很糟，不僅語氣飄忽不定，經常發音不標準，咬字更是模模糊糊，與她平常自然講話的模樣有天壤之別。

阿緯老師雖然沒有說半句責備的話，但失望之情，卻也溢於言表。

「作文寫得再好，一唸起稿還是有差的……」默默的自信心又消失了，垂頭喪氣地回家。

今天不用補習，步伐疲倦的默默，正想直接回家，沒想到路上卻站著一個熟悉的身影。

長髮飄逸，頭上戴著珠寶髮飾，明眸皓齒……正是好幾天沒來找碴的班長斐恩，她獨自在路旁的書報攤上，翻著雜誌。

【第八章】

理直氣柔

「當作沒看到好了……」默默正想靜悄悄地溜走，斐恩卻猛抬頭一把攔住她。

「哈！我在這邊等妳一陣子啦！」從斐恩那張櫻桃小口吐出的話，語氣不太友善。

「今天妳的護花使者尼克不在呀？」

「尼……尼克今天去補大提琴了……」默默不想流露出懼怕的神色，試著直視斐恩的那雙貓咪般的大眼。

斐恩打量著默默，眉宇之間流露出一如往常的傲氣。

「喔！聽說你們佈置比賽，是和七班合併？」

斐恩的這句問話，讓默默想起尼克與堂姊碧文先前所作的推測——斐恩知道佈置小組裡的另一個組長是凱祐，所以先前才很積極地想代替默默去開會。

由於默默並不想跟斐恩在街上對質，她決定迂迴地避開斐恩的主動提問。

「呃！我還有事。先走……」

「不准走！我在跟妳講話耶！」斐恩大眼一瞪，語氣也強硬了起來。

以往默默或許會退縮，也一定會安靜下來，但斐恩的強硬態度今天卻讓她份外生氣。默默心頭一橫，脫口便說：「我們班和誰同組這件事，妳隨便問就知道了，何必問我？」

「妳……嘴巴變硬了嘛！」默默的反擊讓斐恩明顯地吃了一驚，她不敢相信眼前這個一向逆來順受的傻個兒，竟然反應變這麼快。

默默想起堂姊前幾天教導的反擊對策，決定見招拆招，不過，她也不願意跟斐恩有太過強烈的衝突。

「我先走了。」默默丟下這句話。斐恩則在後頭氣得大叫：「喂！妳想逃啊？葛璦默！」

「我剛剛就說了，我還有事。」默默瞪了斐恩一眼。「妳是沒聽到嗎？」

斐恩這下氣得說不出話來，漂亮的五官也扭曲起來。默默不想再搭理她，頭也不回地繼續往家的方向走。

說真的，她第一次對斐恩這樣正面嗆聲，自己心底倒也挺害怕的，但有話直言的暢快感覺，卻讓默默打從心裡舒坦起來。

「面對這種奸詐的人，一定要當面反擊，不過別惱羞成怒，也不可以出口成髒喔！要面不改色地反擊！」堂姊碧文的話迴響在默默腦海。

「原來，堂姊教的東西真的能派上用場……」默默心中洋溢著對堂姊的感謝。一回到家，她顧不得一家人正要吃飯，連忙把剛剛路上發生的事情都對堂姊說了。

堂姊碧文一聽，樂得豪爽大笑。

「哈哈哈！酷耶！默默，真是大快人心！」她拍起手來，讓默默又是害羞又是開心。

「還好之前有跟堂姊商量啊……」默默靦腆地笑笑。

「不過啊！我想，那傢伙今後應該不會放過妳喔！」碧文壓低聲音。「這種人只會惱羞成怒，要是妳不繼續強硬下去，將來可是會有苦頭吃的。」

默默一聽，笑容也僵住了，她太天真了，沒想到碧文看得比她還透澈。

「嘿！別擔心！我跟妳說，我現在是辯論社的，什麼脣槍舌戰沒見過。」

碧文怕默默又開始胡思亂想，隨即露出老神在在的表情，還翹起二郎腿。

「唉！比起這個……我比較擔心演講比賽。」一想起跟斐恩之間的對抗，默默感到有些無奈，不過，想到凱祐今天臨走前說的那句「加油」，默默便感到很溫暖。

「一定要練好演講比賽才行……」默默也將今天阿緯老師交代的事情說給堂姊聽。

「很好耶！老師一定對妳很有期待，不要想太多啦！」碧文依舊是充滿鼓勵的態度，只是她邊說，卻也邊心不在焉地望著手機，好像在看簡訊。

「總而言之，默默，妳要把每個句子都說得更真誠、唸起來有抑揚頓挫，好像人的臉部一樣，要充滿表情、和真實的情感。」碧文如此提點道。

當晚，默默立刻照做，她關起門來，拿著講稿，高聲在房間練習。

「人與人之間的相處，經常充滿摩擦，因此……我們……」默默邊唸邊在講稿上做著註記，用上下箭頭等符號，提醒自己此時的聲音腔調。

沒想到練習一個多小時之後，連默默自己，都覺得演講的內容好像變豐富了。

「『當我初次聽到這句話』不太順口，改成『當我第一次聽到』好了，聽起來比較自然。」默默邊唸，邊把稿子上的文字改正，不知不覺，時間已經過了十點。

「媽，堂姊呢？」默默興沖沖地拿著講稿到處找堂姊。

她從二樓找到樓下，卻赫然從窗戶看見，堂姊正在家門外跟一個穿著制服、頭髮半長不短，模樣有些瀟灑的高中男生講話。

堂姊很明顯不想讓人看見對方，還作勢把那男生帶到遠處的巷口。從表情看來，堂姊似乎有些高興，但舉止卻很煩躁。

默默有點擔心，等了五分鐘之後，堂姊又溜回家了。默默急忙躲上樓，怕堂姊發現。

「堂姊或許有什麼難言之隱，不然一定會跟我說的……之後再問她吧！」

默默將講稿收回書包，結束了這個忙碌的夜晚。

明天，她一定要再去找阿緯老師，請他聽聽今晚的練習成果。

隔天吃早餐時，默默注意到堂姊碧文的臉色很差，臉上也掛著深深的黑眼圈。

「堂姊，沒事吧？」

「哦……沒事，昨晚有點失眠。」

「嗯……」默默怕自己說錯話，又仔細觀察了堂姊好幾分鐘。堂姊拿著筷子的手動得非常緩慢，好像根本沒精神。

「堂姊，是身體不舒服嗎？還是心情不好呢？」默默試探性地問。

「哈！沒事啦！昨晚熬夜準備辯論社的資料……」堂姊打起精神，對默默比出手指。

「記得啊，今天去學校要好好加油，要記得反擊，但表情要不慌不忙，也不要輕易生氣，反應會變差喔！」

即使樣子不太對勁，堂姊仍熱心地幫默默加油，讓默默好感動。

「嗯，我一定不會生氣的！」

「沒錯，一定要理直氣柔，不輕易生氣，這樣別人自然抓不到妳的把

柄。」堂姊露出陽光少男般的微笑，眨了眨眼睛。

「而且，理直氣柔，也往往是讓敵人最沒辦法的一種表現，她如果過份地指責妳，也只是她自己沒風度，惱羞成怒罷了！」

「好的，理直氣柔。」默默謹記在心。她今天特別有種不詳的預感，心臟也砰砰直跳。

默默明白，這跟凱祐靠近時那種心跳加快的感覺不像，反而像是有什麼長久存在的隱憂，即將爆炸似的。

上學的路上，默默留意著每個路過的巷口。以往充滿綠意的熟悉巷口，都會突然竄過尼克那台腳踏車的身影，也會聽到尼克爽朗道早安的聲音，不過，今晨默默卻一直沒有等到尼克。

「也許下個路口就會碰面了。」默默一直張望著馬路，經過昨天與斐恩起衝突的書報攤時，她更是想起了不愉快的情緒。

以往上學前的不安，都能透過與尼克的閒話家常獲得化解，默默此刻突然感到一陣寂寞。

「嗨！是默默吧？」一個活潑的聲音竄過默默耳邊，她以為是尼克，對上眼的卻是凱祐。他今天沒有穿棒球制服，而是穿著一般的白襯衫制服，散發出一股充滿氣質的氛圍。

默默立刻羞澀地笑了起來。

「早安，黎凱祐。」

「呃，我們都已經同組要參加比賽了，幹麼叫我全名？叫我凱祐就好。」凱祐吐了吐舌頭，露出俏皮的模樣。

「咦，妳都一個人上學啊？」

默默不好意思解釋，說自己和尼克從國一開始人緣就不好，只是點點頭。

「以往我都是和尼克一起來學校的，雖然沒有約好，但常常都走同一個路線。」

「哦。」凱祐的視線飄向遠方的天空。

「那等一下遇到尼克的話，我們來討論何時去採買佈置用的材料吧。雖然整體構想還沒完全出來，不過我們可以去文具店逛逛。」

「嗯，看看會有什麼靈感。」默默笑著回答，雖然臉部表情仍太過緊繃，但她發現自己可以看著凱祐的眼睛講話了，竟然也能自然而然地順著對方的話題聊天了。

雖然尼克沒來，但難得在上學途中遇到凱祐，他還和自己主動打招呼，真讓默默受寵若驚。不過，凱祐似乎不覺得和女生打招呼有什麼新奇，仍舊神態自若。而他的超人氣，也引來同學的主動微笑問安。

「嗨，早安，凱祐。」

「早啊！」大概是平常習慣和許多人講話相處，凱祐一路上都和不同人打著招呼，態度大方又從容。看在默默眼底，既是欣賞，更是羨慕。

「真希望我也能自在地跟大家打招呼，不過……大概也沒什麼人想特地跟我這種無名小卒打招呼吧！」不知道是不是因為尼克不在身邊，默默的自卑心又跑了出來。

特別是當她看到，穿著漂亮小禮服的斐恩，出現在校門口時的身影時。

斐恩今天絕對是要出席什麼特別的活動，不但沒穿制服，反而像個大明星般穿上紫色絲絨裙，一頭秀髮還高高地紮成蝴蝶髮髻。面對同學們好奇又欣賞的目光，她還笑著揮手，露出如魚得水的優雅笑容回應。

當然，凱祐的目光也向斐恩飄了過去。這讓斐恩立刻樂得搗起嘴巴笑了起來。看見斐恩甜美又嬌貴的表現，讓默默更是感到一陣吃味。

「啊，黎凱祐隊長。」斐恩嬌滴滴地主動跟凱祐打招呼。

「嗨。」凱祐駐足，臉上掛著客套的微笑。「今天怎麼穿這樣？」

「今天沒有要上課，要去面試一個交響樂團的比賽，我是吹長笛的喔！」斐恩不忘推銷自己的專長，笑得更甜了。

「沒想到會在校門口遇到你，真高興耶！」

「妳說妳沒有要上課，那怎麼特地到學校來？」凱祐直覺地問。

「我是來拿請假單的啦。」斐恩笑瞇瞇地回答，但隨即就用防備的眼神瞅了默默一眼。

「你們一起來學校喔？」

「在路上遇到的。」凱祐似乎沒有多聊的意思。「我今天要幫班長點名，

先去教室囉，掰，默默。」

「掰。」默默很高興凱祐臨走前，還特地跟自己打招呼。但當斐恩用充滿妒意的眼神望向自己時，默默知道大事不妙了。

「哦，妳們開始討論佈置比賽的事情啦？」大庭廣眾之下，聰明的斐恩，這次換了個假裝關心默默的溫和問法。

「進展得怎麼樣啦？還順利吧？凱祐應該對妳很好吧？」

「嗯。」默默平淡地回答，但斐恩似乎反而被她的回應弄得更惱火了，一雙眉毛也豎了起來。

「哦，看來妳們現在很要好囉？」她冷笑一聲。

「可惜啊，實在不太相配。」

這句話實在深深地再度刺傷了默默，但她咬住牙關，謹記著堂姊碧文的指導，絕不輕易生氣。

默默停頓了一下，小心翼翼地答道。

「我不在意妳怎麼想，我先走了。」

「等等！又想逃嗎？」斐恩這次是真的生氣了，聲音尖了起來，路過的同學們也紛紛轉過頭，驚訝地注視著她突兀的反應。

默默站住腳步，她原本想靜靜走開，但又想起堂姊說的，該適當反擊。於是她深深吸了口氣，直視著臉色漲紅的斐恩，語氣平緩地回答。

「斐恩，我想妳應該拿到假單，要去面試了吧！若是還沒拿假單的話，要不要趕快去拿？就要打鐘了。」

斐恩一聽到默默的回應，更是一股氣直衝腦門。她惱火地張開嘴，卻不知道該說些什麼。默默不想等她再說什麼傷人的話，轉頭繼續走自己的路，前往教室去了。

默默並不希望起爭執，因此她此刻的心情，並不覺得自己辯贏了什麼，而是感覺心情平靜多了……這是兩三年來，她藉由正面迎擊的方式，讓斐恩啞口無言。

「妳也沒辦法傷害我了，斐恩。」默默在心底高聲地對自己說。

雖然這次尼克沒在她身邊，卻也給了她獨自學習面對斐恩的機會。而默默

並不像以往那樣感到無助了。

「不過，尼克怎麼還沒到學校呢？想跟他分享今天早上的事情。」默默很不習慣沒有尼克在一旁聊天的時刻，而早自修過後，班導師阿緯才宣佈，尼克今天請病假。

「放學後練習完演講，一定要去看看尼克才行……」默默想著。

【第九章】

尼克生病了

今天尼克請病假，讓默默在班上有些孤立無援，也得一個人吃午餐、一個人清理外掃區。不過，今天剛好幸運地也遇到斐恩請事假，斐恩沒在班上，默默也感覺自在多了。雖然她期望自己快速從斐恩的打壓中走出來，不過，這也不是一時半刻就能做到的事。

然而，今天仍發生了一點好事。因為演講比賽下週就到了，默默在下課時間便經常拿出講稿默背，幾位女同學還好奇地靠近她。

「對喔，都忘記有演講比賽這件事了……」

「葛璦默妳還滿認真準備的嘛……上面做了好多重點。」

「沒有啦。」默默露出隨和的淺笑，不敢太聲張。畢竟，國三下學期的演講比賽，在班上的關注度並不高。最後一學期了，大家無非都是在忙升學與學習才藝，或者參加社團累積經歷，再不然就是組隊苦練六月的校際運動會，同學也多半聚集成一群一群的，很少人像默默一樣在準備個人比賽。

雖然只是同學們幾句無意間的關心，默默依舊很開心。而今天的重頭戲，便是向阿緯老師展現昨天苦練的成果。

一放學，默默就立刻到教職員辦公室，找阿緯老師報到。阿緯老師因為剛監督完大隊接力的練習，黝黑的臉頰被春日的太陽曬得紅通通的。看見默默主動前來，他也笑容滿面。

「哦，默默！妳好積極啊！老師原本以為妳要過幾天再來的。」

默默害羞地點點頭。

「因為……我沒什麼演講的天份，想快一點準備。」

阿緯老師搖搖手。

「怎麼會沒天份呢？老師應該說過了，會寫作、又喜歡閱讀的孩子，早已培養出不錯的表達能力了。不過，妳能這麼認真準備，真的是太好了！來，老師陪妳練習吧！」

心頭再度湧起一陣緊張感，呼吸也急促了起來。但默默掏出那幾張重寫了好幾次的講稿，對著阿緯老師演說。她的語氣明顯比昨天沉穩又自信許多，斷句與演說時的抑揚頓挫也更加明顯了。整段句子聽起來有明顯的聲音表情，時而活潑、時而有力，非常吸引人。

「說得真好呀……」阿緯老師聽得津津有味，嘴巴微微張開著，專注的眼神也帶著驚喜。等默默演說完前三段，阿緯老師遞了杯白開水給她。

「默默，真的很棒喔！沒想到妳進步得這麼快！真是一匹有潛力的黑馬！老師也很能融入在妳的演說裡喔！」

「太好了……」默默點頭，但她也明白，自己還有許多要加強的地方，不敢太得意忘形。

「那……老師，有沒有什麼需要注意的地方呢？」

望著默默皺著眉的嚴肅神情，阿緯老師挺起上身，認真回應道：「嗯……雖然妳已經把稿子看得滿熟了，不過，眼睛還是放在稿子上的時間居多。」

默默聽到問題的癥結點，有些苦惱，但她也隨即用感激的眼神瞧向阿緯老師。她知道老師真的是很希望她在比賽中取得勝算，才會給她實用而直接的建議。

「意思是說，演講的時候眼光要看……台下的觀眾？」

「是啊！偶爾也要看向評審，但別死盯著他們！眼睛要在稿子、人群、評審之間，慢慢地移動。平常，妳要對著鏡子和同學練習，表現出自信但謙虛、親切而熱情的眼神，這樣才能夠表達出妳的個人特色！」老師給出了實用的建議。

默默連忙在講稿背面寫下筆記。

阿緯老師說的秘訣，聽起來真是難以做到。默默不禁感到有些氣餒。

「可是，默默啊，妳剛剛的表現已經非常好了！」阿緯老師用力地點著頭。

「剩下的這幾段文字，如果能夠用老師剛剛說的方式消化，拿到前三名也不是問題！」

「前……前三名？」默默瞠大眼睛，不敢相信老師竟然給出如此明確的鼓勵，她只求上台不要緊張忘詞，不要出糗就好，前三名簡直是想都不敢想。

「謝謝……謝謝老師的安慰。」默默連忙緊張地道謝。

「我再回去，用老師教的方式練習。」

「哦，老師不是在安慰妳啦……老師是真的覺得妳很有潛力喔！」阿緯老

師知道眼前這個學生特別纖細，連忙補充道。

結束了與老師的練習，默默匆匆走出校門，前往尼克的家，想探望他的病情。尼克的家住在透天洋房裡，要經過一個小花圃。默默上次來這裡，已經是寒假的事情了。當時她經常來教尼克作文，也經常來尼克家看休閒讀物。

尼克家簡直是座小型圖書館，什麼類型的書都應有盡有。而每次尼克的媽媽看到默默來作客，總是非常高興。

「這些書買那麼久，終於有人看了！我家尼克都沒什麼在看書，默默要多來呀，不然這些書太可憐了！」今天，尼克媽媽也對默默說了一樣的話，逗得默默露出懷念的甜甜微笑。

「謝媽媽好！我今天是來看尼克的，聽說他生病了……」默默笑著解釋來意。

尼克的媽媽立刻去叫尼克下樓。

默默在佈置得美侖美奐的美式客廳裡坐著，白橡木地板和長沙發都跟她記憶中一模一樣，讓她感到很懷念。此時，尼克媽媽還端來咖啡和蛋糕招待。

尼克媽媽眼底含著溫柔的笑意，望向默默。

「半年不見，默默的模樣，變了呢！」

「咦……」

「真的，變得漂亮，也更有自信囉！」尼克的媽媽雖然一向嘴甜，模樣卻真誠無比，完全不像在跟默默客套。默默害羞地低下頭。雖然不完全明白尼克媽媽的用意，默默卻有種幸福而感恩的暖意，像蜂蜜般滲透在心底。

「哦！默默來了！太好啦！」尼克戴著口罩跑下樓，雖然眼神充滿活力，但聽得出來嗓子有些沙啞。

一問之下，原來尼克是昨晚練完樂器，又跑去夜間的露天游泳池游泳，太累而導致感冒。

「原本只是喉嚨有點痛，多吃了幾顆喉糖，但反而因為喉糖太涼，就咳嗽了！」尼克誇張地比著手勢說明病情，讓默默又擔心又想笑。

「你要好好保重喔……不然我什麼都得一個人了耶。」默默半撒嬌地對尼克說。而他一如往常開朗地比出ＯＫ手勢。

「沒問題！妳的演講比賽就是下週了吧，我會趕快好起來的！」

然而，尼克並沒有儘快康復，病情卻反而加重了。溼涼的天氣，加上尼克的抵抗力急速衰退，他竟然還因肺炎而住院了。聽到這個消息時，默默難過得在電話裡哭了起來。

「咳咳……我沒事啦！醫生說觀察三五天，就能出院啦！」尼克安慰道。

此時正值陰雨綿綿的春天尾巴，默默每天上學心情都悶悶的。幸運的是，斐恩最近比較少找默默的麻煩了。因為斐恩自己看起來也不太愉快，每天都憂鬱地望著窗外的陰冷天空。

「聽說斐恩申請了美國的學校，最近就要放榜了，難怪心不在焉。」同學們的八卦總是傳得特別快，看到斐恩沒什麼元氣的模樣，默默反而有些替她難過。

斐恩依舊每天都打扮得很漂亮，不過在開班會與宣佈事情時，聽起來都沒什麼精神，跟以前幹練的模樣判若兩人。當然，斐恩更沒力氣找默默麻煩。不曉得是之前默默的反擊奏效了，還是純粹心情不好。不過，默默也沒什麼心情擔心別人。此時她要擔心的，除了演講比賽之外，還有尼克，以及堂姊碧文。

堂姊最近都早出晚歸，補習回家也已經將近十一點了。默默完全不曉得堂姊在忙什麼，只知道最近要聊心事時，堂姊碧文也經常不在家，害得默默只能靠著日記來紀錄與發洩每天的心情。

默默依舊每天找阿緯老師報到與練習，很快地，比賽前夕的週末也到了。這是最後衝刺的時間，默默的精神非常緊繃。雖然講稿已經看得很熟，也作過多次修正，但畢竟是第一次參加這種公開表演的比賽，默默真的很害怕自己出糗，成了笑話。

最讓默默受寵受寵若驚的是，週五放學時，七班的凱祐提出了邀約。

「默默，我等等又要練球了……抱歉，今天又沒辦法抽空。那這週末妳有事嗎？要不要去一起買佈置比賽用的材料啊？不然，我怕來不及……」

「咦，這……週末嗎？」

「對呀。」凱祐被默默慌張的神情給弄得一頭霧水。「可以嗎？」

默默本來還扭扭捏捏不敢馬上答應，但看到凱祐似乎有些錯愕的樣子，她

連忙點點頭，補上一個羞怯又期待的微笑。

「嗯，那週末……週末見。」

週末兩人的採買行程也很順利，雖然沒有買齊所有的東西，但默默和凱祐挑了不少材料，跑了三四家書店也做了不少筆記，得到一些製作的靈感。

「我覺得用氣球當大海裡的氣泡，很不錯。」凱祐用腳踏車載著默默，沒注意到她一路發紅的臉頰。默默甚至為了今天的採買行，穿得稍微漂亮了點。她穿上一件清新的綠色格紋褲裙，看起來比往常更有朝氣、更青春了。

「好，任務結束，我送妳回家吧！」凱祐棒球帽下的臉龐充滿朝氣。他聽說尼克生病的事情，也知道八班目前能用的組員只有默默一人，因此，凱祐還紳士地表示，他可以多幫默默一點忙。

「而且，妳下星期就要演講比賽了吧！」凱祐望著即將放晴的天空，露出淺淺的微笑。

「下星期我也要到市立棒球場比賽了。真是重要的一星期……希望我們都能順利啊！」聽到凱祐也在替自己集氣，默默心裡感到很溫暖。這個週末，她就在準備佈置計畫、演講比賽中，充實地渡過了。

雖然最後衝刺的時刻，沒有尼克的陪伴，但默默已經拿出最大的勇氣，面對任何挑戰。而這的確是剛開學時的她，所沒有的心境。

而尼克一直到默默正式比賽的那天，都還躺在床上。當天早上，尼克在一早七點就從醫院打電話到默默家，替她打氣。

「唉……默默，我好討厭自己這樣啊。醫生說要後天才能出院，怎麼會拖這麼久！」尼克暴躁地在電話裡對默默說。

「沒關係啦，尼克！你還特地打來鼓勵我，真是謝謝……」默默眼眶都紅了。

「少見外啦！默默，我們班上其他人或許看不起妳，也沒幫妳加油，不過至少有我、班導和七班的凱祐願意支持妳，我也會替妳集氣的！」即使住院，尼克的熱情依舊不減，讓默默帶著滿滿的感動，面對比賽當天的壓力。

「比賽一定會順利的！默默一定會大顯神威，讓班上那些人刮目相看！」尼克的話一直響在默默心頭，雖然她知道自己並沒有尼克說的那麼厲害，但能

夠走到這一步，默默真的也認為自己盡力了。

因此，比賽時，默默帶著平靜但積極的心情，站上了一向讓她很害怕的大講台。

此時，她臉上掛著的，是晴朗、寧靜如夏日藍天的微笑。

「各位評審、老師、同學們，大家好，我是八班的葛璦默。」

默默的第一場演講比賽，就這樣開始了。

【第十章】讓人意外的黑馬

塵土飛揚，市立棒球場上正進行著一場精彩的比賽。

「好球！」主審在棒球場上大聲喝道。

凱祐頂著大太陽站在投手丘上，準備三振對手，結束這場球賽。今天是個大晴天，甚至讓人感受到四月底的炎熱。凱祐棒球帽下的臉頰不斷冒汗，頸背也被曬得發紅。

他專注地觀察著敵對打擊者的表情，不時和同隊的捕手交換暗號。

凱祐又猛力投出一個變化球，成功騙到了打者傻傻揮棒。

對方揮棒落空。

「好球！」主審大喊。

「三振啦！」此時捕手與其他守備位置的隊友全都興奮地衝了上來，因為他們的學校剛剛晉級為全市第一，接下來，全國大賽也不遠了。

「哈哈，不要推我！」

凱祐被眾人抬了起來，但他掙扎著苦笑，硬是從夥伴的胳臂裡跳下來。

「對了，現在幾點啊？」他轉頭望著體育場外牆的大鐘。

下午三點四十分。

「默默的演講，應該結束了吧？」凱祐想著。

「喂，快過來啊！」隊友搖著沙士汽水瓶，故意邊狂歡著邊把泡沫撒向教練與凱祐，大家笑著打成一片。

「再接再厲啊！小子們！」棒球校隊笑得合不攏嘴，拍了拍。

事實上，默默的比賽正如如凱祐想的一樣，剛剛結束了。因為評審還需要一些時間作業，所以選手們都被要求先回教室上課，等待廣播訊息。

走過安靜的校園時，默默的心情好激動，卻也替自己的表現感到欣慰。至少，她沒有出錯，每個眼神、手勢、語句的聲調控制，她都盡力了。

一切都照每晚練習那樣，自然而然地被表演出來。輪到她上台時，默默的腦海也不斷湧出那些熟悉的字句。她真的花很多時間練習，也深深感受到「說話」這件事情，真的是可以被「訓練」的。

結束演講時，默默沒有跌跤，沒有被絆倒，堂堂正正地挺著胸膛，走下階梯。而她聽到了在場觀賽人士給予的掌聲，謙虛地向他們點點頭。默默也分不

出這掌聲是好是壞，只知道有人鼓掌她就很開心了。

「總算結束了一件事……」默默坦然地穿過寧靜的校園，胸口的心跳彷彿也在躁動著，但卻讓她神清氣爽。她走回熟悉的八班，班上同學正在進行下午第三節課的社會課，沒人轉過頭問她比得怎麼樣，因為他們平常也沒什麼在關心演講比賽的事。

「老師，我比賽回來了。」默默輕聲對講台上的科任老師點了個頭，回到了座位上。

她很快地融入同學們手邊的動作，翻開課本，找到目前進行的頁數。而當放學鐘響時，同班都亂哄哄地收著書包，和討論明後天的行程。

「各位同學，全校演講比賽的名次已經公佈在公佈欄，讓我們恭喜以下同學獲得前三名，從第三名開始宣佈！二年七班，梁正楷、三年八班、葛璦默，三年十一班、羅雅茹。」

八班的同學有些停下手邊動作，有些人忙著彼此打鬧，默默正在疑惑自己有沒有聽錯，廣播又再唱名了一次。

「咦！我是不是聽到八班？」高個子的風紀鼓掌喊道。

「八班葛瑷默！」有同學驚訝地叫了出來，而默默也目瞪口呆地傻在座位上。意識到真的是自己之後，她內斂地低著頭，給了自己一個驚喜的微笑。

「天啊！是葛瑷默？」同學黃佳萍興奮地衝過來，猛力抓住默默的肩膀，把她嚇了一大跳。「是妳耶！默默！妳得獎了！」

「真的是她喔？啥時去比賽的啊？我都不曉得……」男生們露出不敢相信的表情。

不過，默默沒有打算回應什麼，她滿心只想聽清楚廣播接下來的內容。

「以上，三位獲獎同學，放學後請到大講堂，老師將跟妳們解釋接下來的晉級比賽相關事項。」廣播一結束，默默便迫不及待地拎起書包，跑出教室。

她沒注意到斐恩望著她的陰冷表情，也沒看到其他同學們的興奮之情。大家不斷地在教室裡討論這件事。

「哦，沒想到葛瑷默那麼強耶，第一次參加演講比賽，平常又結巴，還能得獎！」

「有偷練吧！這種安靜的人執著起來，是很可怕的。」

「替我們班上爭取榮耀，也不錯啊！」

默默早已將同學們的耳語拋在腦後，她滿心喜悅地享受著勝利的快感，差點就在走廊上奔跑起來。

「默默！」涼亭旁，站著正要趕來的阿緯老師，他開心地笑著，眼睛瞇得一條線，雙手不斷激動地揮著。「老師剛剛聽到廣播啦！恭喜妳！妳好棒！」

「老師……」聽到這麼真心的恭賀，默默的肩膀也放鬆下來，喜極而泣。

「老師，謝謝你……」

「不要謝我！要謝謝妳自己呀！」阿緯老師開懷地叫道：「我就說了，只要好好練，妳前三名是沒問題的！好啦！趕快去大講堂集合，明早朝會，會在全笑師生面前頒獎！」

阿緯老師說的每個句子，都讓默默感覺好不真實，她開心地輕飄飄的，彷彿在做夢一樣。前往大講堂的步伐，也彷彿快要飛了起來。

默默打電話給尼克，告訴他得獎的好消息。雖然尼克剛出院，在家休養不到幾小時，但他在電話中仍舊好亢奮，不斷地歡呼大叫，又把所有的細節問了一遍。

「天啊，我就說妳一定可以的！」尼克一再重複著，真心替默默的得獎感到高興。默默得的是第二名，將與另外兩位同學代表全校去參加全國資格選拔賽，資格賽的題目跟校內比賽的非常相像，默默甚至不需要重寫講稿，老師們也直接表明很看好她。

「接下來就穩紮穩打吧！」尼克鼓勵道。而默默心底也是這麼決定的。她會全力以赴，面對未來的挑戰。掛完電話之後，默默想起總是給她許多建議的堂姊碧文，而今天一放學回來就沒有見到她。

「不知道堂姊是否在忙？」默默走到堂姊房門前，卻聽見裡頭傳來啜泣的聲音。她大吃了一驚，透過門縫往內看，只見堂姊坐在床上望著手機，一臉傷心欲絕的模樣。

第一次看到堂姊如此脆弱的模樣，感覺好陌生又讓人心生畏懼。默默怕惹

堂姊不開心，也認為她不想被人看見失落的一面，才會躲到房間裡哭泣。

「我還是……給她一點空間好了。」默默心想，腳步也隨之安靜地退到走廊上。那一晚睡前，她再度來到堂姊房前。但裡頭靜悄悄的。

「堂姊大概睡著了。」獨生女的默默，很少體會到有兄弟姊妹相互照應的感覺，對堂姊是敬畏又感激，她怕自己吵到堂姊，便到樓下去找媽媽問話。

「哦，碧文最近在準備辯論社的比賽，早出晚歸很正常啦！」媽媽一臉樂觀，還露出天真的笑容。

「可是，我好像聽到堂姊在哭耶。」默默說。「不過，她現在好像在休息了。」

「應該沒事吧！女孩子家偶爾掉個幾滴眼淚，才會堅強呀！」媽媽依舊是一派純真地笑道。

以往媽媽面對默默的抱怨，也都是選擇這種輕描淡寫的方式，偏偏默默是很愛想東想西、愛擔心的個性，因此總是覺得媽媽不夠重視她。默默心底也知道媽媽只是想用簡單的思維去開導孩子，但默默依舊認為，堂姊的事情沒這麼簡單。她正想走回二樓走廊，卻聽到門外有人按門鈴。

今天是她入圍的好日子，或許有人親自來恭喜她了。默默抱持著開朗的心情去應門，門外卻是兩個面有難色、穿著制服的高中女生。

「不好意思，請問碧文在嗎？」

一問之下，對方竟說已經三天沒在學校看到碧文，而留給校方的電話也一直打不通。

「請問，妳是她的堂妹吧？妳們家的電話是不是這支？」

「不是耶。」默默發現，碧文留給學校的電話是以前伯父家的。聰明的默默，立刻知道事情不太妙。

「堂姊已經搬離伯父家很久了，因為伯父和伯母去美國治病，不在台灣。但堂姊現在的確是跟我們住。」

「那妳知道她去哪裡了嗎？」同學看起來頗為擔憂。

「是這樣的，我們下週就要辯論比賽了，可是她不用說練習了，連上課都沒來上。」

默默馬上進門，和媽媽去派出所報案。她不懂，那麼開朗博學的堂姊，會跑到哪去呢？該不會是想不開了吧？這時，默默想起了前幾天家門外、來找堂姊的陌生男子。

她在媽媽的陪同下，把所有的事情告訴警察。

「我們晚上巡邏時會注意的，也已經打電話聯絡校方了。」

這個夜晚，就在擔憂的情緒中渡過了。

默默沒享受到演講比賽得獎的喜悅，反倒是擔心堂姊，擔心得失眠。

「早點睡吧！明天不是要上台領獎嗎？會沒事的……」媽媽手中端了一小杯熱牛奶，特地來陪默默入眠。

她的雙手輕柔地撫在默默頰上，讓默默不安的心情也漸漸平緩下來。

【第十一章】突如其來

早晨八點的大太陽，讓剛出院的尼克感到一陣虛弱。不過他仍滿心歡喜地看著默默與凱祐站在台上接受表揚。兩人的本名一前一後被朝會的司儀叫到，真是風光透了。連一向在升旗時昏昏欲睡的八班同學們，都情不自禁地替默默鼓掌。

「好，台上是為校爭光的棒球隊，以及昨天演講比賽的三個得獎者。二年七班，梁正楷，季軍。八班葛璦默，亞軍，請校長頒獎！」司儀宣佈時，校長先生則笑呵呵地頒獎給默默。

「唷呼！」此時八班的同學也在台下拍手歡呼，讓尼克又開心又驚訝。他沒想到一向不把默默當作一回事的班上同學們，竟然不知不覺中變得如此熱情。

「好耶！默默！」尼克也笑著喊道，一旁的班導阿緯也高興得瞇起眼。在耀眼的日光中，默默站在凱祐的棒球隊員後方一同受獎，眼睛也三不五時望著台下的同學。

默默甚至大方地舉起手，輕輕地對那些替她歡呼的同學揮了一下。看見這麼自信有朝氣的默默，讓尼克也感到煥然一新。

「默默，妳真的變了耶……」尼克喃喃自語，微笑了起來。雖然仍有點緊張，但默默的神情仍保持風度與優雅，比起以前畏畏縮縮、彎腰駝背的模樣，簡直判若兩人。

尼克刻意望了班長斐恩一眼，她的臉色當然不好看，甚至充滿妒意地望著台上的受獎者們。

「喂……」尼克本來想對斐恩嗆聲幾句，不過此時映入眼簾的，是斐恩嬌弱而哀傷的側臉。尼克還真不常看見她真情流露的模樣。

斐恩望著台上的默默，緊緊抿著下唇。眼神似乎充滿孤寂，更驚人的是，她的眉眼之間散發出一股失落而羨慕的淡淡情緒。

「那個八婆，還有這種表情啊……」尼克倒也突然覺得斐恩落寞的模樣有些可憐，本想酸她幾句，但最後仍不忍心。

中午時，尼克與默默一樣到操場草坪的樹蔭下享用午餐。這次，凱祐也帶著練習用的球具主動加入。

因為凱祐的校隊訓練已經佔了他大部分的時間，三個人只能利用短短的午餐時間討論接下來的佈置流程。

「默默，真的很恭喜！」凱祐再度恭喜默默，讓她臉色羞紅起來。

「啊，臉好紅喔！默默是中暑了嗎？天氣真的開始熱了。」完全不懂默默心情的尼克，大刺刺地將飲料遞給默默。

倒是凱祐看到默默羞紅臉的模樣，露出了淺淺的微笑。默默不敢直視凱祐的眼睛，全身上下緊繃起來。

三人邊吃飯邊討論佈置比賽的細節，也一起研究每種材料要怎麼應用。凱祐也不免抱怨幾句班上的佈置組員，說他們都不來開會，平常也很偷懶。這是默默和尼克第一次聽到凱祐說心事，凱祐率直的表情讓人有點心疼。

「唉，我們班也是啊！都不幫忙！人性真的很現實！」直性子的尼克也數落起班上的同學，因為都是毫無惡意的心情傾吐，最後三人也相視而笑。

「不管怎麼樣我們都要繼續加油，雖然彼此都很忙，但就互相照應囉！尼克你也剛出院，不應該太累。」凱祐露出陽光又體貼的神情，叮嚀著默默與尼克，怕她們要負擔的工作量太多。

三人訂好彼此的進度，努力協調之後，才散會。

然而，默默和尼克才回到教室，就看到班上同學亂成一團，每個人都在議論紛紛，表情非常不安，特別是當她們看到默默時，反應更是很奇怪。

同學們的神情不但沒有早上替默默鼓掌時那麼熱烈，反而充滿質疑。

「怎麼了？」尼克乾脆高聲問道，而幾十雙眼睛則兇猛地朝默默射過來。班上不見斐恩與風紀股長，連副班長也不見了。午休時間還亂成一團，實在讓人感到奇怪。

「聽說妳堂姐是太妹啊？」班上的男生不懷好意地問。「混得很兇喔？」

「誰？」默默一時間還搞不清楚他在跟誰說話，直到其他同學又帶著嗅到八卦般的好奇表情湊過來。

「有人說，妳堂姊在電玩街打人。」

「聽說還不只打人，好像還交了一個流氓的男朋友！」

「我也聽說了！」同學們七嘴八舌地圍了上來，表情詭譎又激動，像是狼

群圈住了綿羊。

默默一聽到這些話，當場愣住了。自己都不曉得是真是假的事情，為什麼班上同學們會突然過問？他們又是聽誰說的？

「默默，不需要回答，不用理他們！」尼克氣憤地揮著大手，想把人都趕走。但此舉只是引來更多同學們的追問。

「妳現在不是演講比賽的校際代表了嗎？要代表我們學校出去，品行差的話很

丟臉耶！」

「說清楚啊！妳堂姊的事情，妳難道不知道嗎？我看是裝傻吧！」同學們的逼問越來越犀利，眼神也強勢又激動，讓默默幾乎無法喘息。她雙手握拳，知道自己此刻也不能多說什麼，憤怒與失望更是啃蝕著她的自尊心。不管是堂姊的事，還是演講比賽的事，全都排山倒海朝她撲咬而來。

最後，默默決定先讓自己冷靜下來。

「借過，我要午休了。」她靜靜地說著，不逃也不躲，而是鎮定地回到座位上。她知道如果馬上趴下一定會顯示出自己的弱小，引來更多閒話，於是故意裝作冷靜的模樣拿出課本翻看。

當然，她一個字也看不下去。除了滿腔的怒火與疑惑之外，默默最擔心的還是這個謠言的來源與可靠性。

「不會的……堂姊才不會做出那種事……雖然，我現在根本不知道她在哪裡。」默默心想，胸口悶得好痛。此時，彷彿救兵來了，遠方的訓導主任吹著急促而充滿威嚴的哨聲，帶著午休糾察隊趕來。

「八班！妳們吵什麼吵！全部給我回座位，趴好睡覺！吵到別班了知不知道！」主任氣得脹紅了臉，憤怒地指著那些鼓譟的同學們。

大家當然立刻鳥獸散。

「妳們的幹部呢？怎麼不出來管秩序！」主任想追究責任，繼續責問道。「人都跑哪去了！不知道午休要安靜嗎？」

「呃，報告主任，我們的班長斐恩剛剛身體不舒服，風紀和副班長陪她去保健室了。」有同學膽怯地答道。

「哦？不舒服啊？」主任一臉疑惑，但聽到是八班漂亮又能幹的女班長身體不適，他也就停止追究。

「身體不舒服也沒辦法，不過，有必要叫兩個幹部都陪她去嗎？妳們趁機吵鬧，也很不懂事！都要升高中了，還這麼幼稚！給我趴好睡覺！」

或許聽在同學們的耳裡，主任的一連串訓話冗長又掃興，但對默默來說卻彷彿一場清涼的及時雨。她跟其他同學一起趴到書桌上，眼淚掉了下來，但因為臉部朝下，並沒有發現默默的傷心難過。

當然，默默一結束午休，馬上去教職員辦公室借電話打回家。默默一心只想詢問媽媽是否知道堂姊的下落。她知道，要靠自己的方式求證。

電話很快便接通了。

「默默啊，不用擔心，警察找到堂姊了，她已經回家了！」媽媽的聲音聽起來依舊沉穩而樂天，讓默默安心不少。

「堂姊沒事，只是有點脫水，去醫院打完點滴之後好多了，現在在房間休息了。妳放學回家就可以看到她了。」

雖然默默有千百個問題想對著電話話筒發問，但媽媽要她回家之後再說。

「反正沒事，妳專心上課，回來就知道了。」

「可是，媽媽……我今天放學原本要留下來做壁報。」

「唉呀，那就留下來做壁報呀！沒關係！」媽媽認真地在電話裡安撫道。

「妳堂姊真的沒事，只是很累，睡著了。」

雖然媽媽這麼說，但默默太過擔心堂姊，仍歸心似箭。然而佈置比賽能準備的時間也所剩不多了，今天真的得留下來才行。一熬到放學，默默正拎著一

大袋佈置材料準備到七班找凱祐，尼克已經一把拉過袋子。

「默默，妳回家吧……」尼克冷靜而輕柔地說。

「我和凱祐，以及七班那幾個組員，會負責把今天的進度弄好。」

「可是……」

「回家吧！佈置比賽沒那麼急啦，家人比較重要。」尼克怕默默覺得他在開玩笑，表情正經八百，樣子看起來有點傻，眼神中卻是滿滿的體諒與貼心。

原來尼克早就將今天下午默默坐立難安的模樣看在眼底，更知道默默此時的心情。

「尼克，謝謝你……我明天就加入你們！」默默忍住感動的淚水，但聲音已經哽咽。

今天對她來說，心境上真的像在洗三溫暖，早上才接受表揚，下午卻面臨同學的指控，連堂姊都被造謠中傷。

佈置比賽打成績的地點，在七班與八班教室的外牆，默默已經成為眾之矢的，更不可能在八班同學指指點點的情況下，還在外頭面對旁人的嚴峻眼光做佈置。尼克不但想得週到，更是貼心有加，才要默默提前回家。

「凱祐那邊，我會跟他說的。妳快回家啦！」尼克輕輕推著默默的書包，催促道。

「謝謝你……尼克。」默默用力握住尼克的手，他笑了笑，目送默默奔向笑門口。她輕盈的白衣制服身影也隨即消失在放學的車陣中。

戴著棒球帽的凱祐帶了幾個同學，到七班的後門與尼克碰面。

「嗨！尼克！默默呢？」

「默默家裡有急事，先回去了。」尼克輕描淡寫地解釋道。

「她家人身體很不舒服，她趕回去了。」

「哦，很嚴重是嗎？」凱祐不免露出擔心的神情。

「好像躺在床上休息。」尼克說。

「哦，那就沒辦法了。」凱祐點點頭，直率地張開他帶來的壁報。

「我們先動工吧！」連同尼克與凱祐在內，七班的幾位也紛紛拿出尺規量著教室外牆的佈置區，規劃比賽作品。同學們拿著鉛筆，辛苦地仰著頭在牆上

作記號，一面估算佈置品的陳列效果。

「唉呀，已經開始要佈置比賽囉？」一個親切溫暖的聲音從他們傳來，原來是保健室的姜阿姨，年過五十的她總像隻溫柔又勤奮的母雞般，守護每個去保健室的孩子。學校的同學也幾乎都很喜歡她。姜阿姨看到帥氣活潑的凱祐，特別打了聲招呼。因為凱祐經常攙扶受傷的棒球校隊同學，去找她報到。

「姜阿姨好。」尼克與凱祐分別對她問好。姜阿姨也熱情地打量著他們的佈置區，和他們閒聊幾句。

「哦，這是大樹的樹根嗎？」

「是啊！這還是最高機密，」凱祐笑著打趣道。

「姜阿姨可別告訴別班啊，他們是我們的競爭對手。」

「哪有人把最高機密放在牆上的，哈哈哈，這一看就知道是樹根了！哪還要我去說。」姜阿姨豪爽大笑。

此時，八班門口也陸陸續續湧出最後一批放學的同學，其中也包含了幾個女生與班長斐恩。

斐恩看見凱祐站在椅子上佈置牆面，不禁微笑地多看了幾眼，卻接觸到尼克的視線。

她立刻別過頭，但尼克發現斐恩並不是在迴避自己，瞧她眼神的方向，似乎是在迴避保健室的姜阿姨。只見斐恩難得經過凱祐身邊，卻十分低調安靜，一旁女孩們的對話吱吱喳喳，卻反而凸顯斐恩的刻意沉默。她有些尷尬地撥著長髮，故作鎮定的模樣，反而引起尼克的注意。

他知道斐恩一向演技不錯，總是說出討老師同學喜歡的話，不過此刻的情形很明顯的是斐恩在試著掩飾什麼。

看見斐恩悄悄在姜阿姨身後走過的模樣，尼克起了疑心。

「中午時都沒人管秩序，同學說是斐恩讓副班長、風紀陪她去保健室……該不會是故意要讓大家去煩默默的吧？」

說不定，關於默默堂姊的不實謠言也是斐恩散佈的。有鑑於斐恩之前的小把戲，尼克胸口湧起一陣怒火，他決定馬上問清楚。

「姜阿姨，我們八班的班長，斐恩，今天午休時去保健室找您了吧？」

「哈，有啊，她說她肚子痛、頭痛，不過好像又不怎樣嚴重。」姜阿姨笑著回答，淘氣地壓低聲音。

「其實呀，我倒覺得是女孩子鬧脾氣而已，哈，所以我沒拿藥給她吃，只是讓她休息而已。」

尼克點點頭，雖然仍無法百分百證明斐恩的罪狀，不過他明白斐恩裝病的可能性非常高。

尼克低下頭，咬住牙關。

「我明天一定要告訴默默這件事。」

衝突與收穫

【第十二章】

默默焦急地回到家，襪子都還沒脫，第一件事就是奔到堂姊的房間。

「碧文堂姊！」她看見床上虛弱的堂姊，激動地上前握住她冰冷的手。堂姊露出了淺淺的笑容，眼神仍不失疲憊。

那是一種心靈受傷的疲憊。

「默默，對不起，讓妳擔心了……」碧文臉色很差，但她一看到默默便努力地想起身。

「聽說妳演講比賽得到亞軍，真是太棒了……」

「我都還沒親口跟堂姊說呢！堂姊不要再這樣擅自跑掉了……我什麼事情都會跟堂姊說，妳也可以跟我說，讓我幫妳分擔啊！」默默嘴唇顫抖，雙手緊緊握住堂姊，眼眶早已溼潤。

「哈哈，默默一口氣說了這麼多，難得看妳那麼激動……」碧文打趣道，摸了摸默默的肩膀。

「放心，堂姊好得很，只是這幾天幾乎都沒睡覺，也沒吃什麼東西……我是去找人借錢給我了。」

大概是被默默心疼又充滿關愛的神情所打動，堂姊的目光閃動，表情也充滿感恩。

終於，她主動說出自己這幾天的去向。

「我爸媽雖然去美國治病，但他們在美國也過得滿苦的，早就沒有生活費給我了……我不好意思開口跟親戚長輩要，就想說蹺掉社團的辯論比賽練習，去打工……可是，我未滿十八歲，只能偷偷打工……在打工的地方有個高中男生對我很好，不過，之後他卻一直跟我借錢，我陷下去了，最後也把工資都給他……」碧文想到過去這幾周有苦不能言的心酸，眼淚掉了下來，堂姊妹兩人緊緊相擁。

「我跟我媽媽說，請她預支零用錢給妳！」默默毫不多想地提議道。「怎麼可能不給妳零用錢，妳如果真的把我們當一家人，有困難一定要說……要勇敢地暢所欲言，這不是堂姊教我的嗎？」默默哭著，緊緊揪住堂姊的手。

堂姊的淚水也沉靜地掉了下來。

「謝謝妳……默默。唉，我有妳們這群家人，真是不該再哭哭啼啼，自找

麻煩了。」堂姊破涕為笑。

默默原本也問堂姊，先前到家門口找她的男人是誰。

「他就是我打工的前輩，他要我違法幫他超時打工，我答應了……可是，我發現那個工作場所很有問題，想退出，但是……我發現我有點喜歡上他，真的很為難。」

原本機智堅強的堂姊，怎麼會這麼傻，愛上不該愛的人呢？默默不敢再責備堂姊。她自己都忘記了，堂姊也不過只比她大兩三歲，還是個涉世未深的青少女，又跟外面的危險男性有感情牽扯，難怪她失了方寸，不敢告訴任何人。

「默默，我跟那男生的事情，妳別告訴妳爸媽……我會自己處理好的。」堂姊表面上對默默如此說道，但默默看得出來，堂姊眼神中仍有一些留戀與迷惘。

她不願意再強硬地給堂姊施加壓力，只好點點頭，暫時不過問。

默默走出房門前，堂姊用疲倦的笑容真誠地對她如此說道：「默默……堂姊真覺得妳成長了好多……妳口條變得很清晰，而且給人的感覺好可靠。」

默默害羞地擺擺手。

「沒有……我只是真的很擔心堂姊……」

「哈哈，連嘴巴也變得這麼甜。」堂姊故意開玩笑，緩和氣氛。

此時，默默心中突然有了個想法。

「碧文堂姊，我有一個請求……」默默露出認真無比的表情，雙眼炯炯有神地回頭說道。「我參加全國比賽的時候，請妳一定要來現場幫我加油……好嗎？」

碧文被默默眼中的熱誠給震懾了，她還是第一次看到默默這樣堅決而篤定的目光。

「好，堂姊一定去看全國大賽，聽妳的演講。」她笑著點點頭，如此答應著。

昨晚，默默也如火如荼地準備演講比賽，她一夜之間就火速打好了講稿，同時也將自己落後的佈置進度做完。當默默的媽媽叫她起床時，地板上滿是默

默熬夜做的紙水草、以及用氣球做的塑膠泡泡。

「唉呀……這孩子還真拼。」雖然語氣不捨，但媽媽臉上卻也露出欣慰的微笑。

「都國中最後一學期了，想留下美好的回憶吧？這段時間辛苦點，一定會有好的成果。」

默默難得被媽媽如此讚美，不知如何回應，只得躲在棉被裡裝睡，卻偷偷竊喜在心底。

「今天我也要加油！」默默發現自己好期待去上學。

雖然，她一到學校，尼克就說了一個不太愉快的消息。尼克說，昨天斐恩一定是藉口身體不適、要幹部陪同，故意在午休離開教室，為的就是要讓同學圍剿默默。

「她一定看妳贏得比賽，就眼紅了，所以叫她的眼線去散佈不實謠言！」尼克越說越氣，臉紅脖子粗。他暴怒的反應讓默默也心浮氣躁。

「算了，尼克，事實的真相我們也查不出來。我不想管她了。」默默說出肺腑之言。

現在有一堆比賽要準備，憑她要跟斐恩鬥，實在太累了。然而，尼克是性情中人，完全不理解默默的雅量。

「妳怎麼這麼好說話啦！難道妳不想戳破她的假面具嗎？」

「不想……」默默嘆了口氣。

面對尼克的直來直往，她決定也率直地說出自己的意見。

「而且，斐恩真的有假面具嗎？她會不會只是個性複雜了點……」

「什麼啊！妳從國一到現在都一直被她弄得很煩，還幫她說話！」尼克真的對默默的言行感到不解，激動地揮舞著手臂。

「難道妳忘記，她每次分組都故意不挑妳嗎？國二的時候，斐恩安排大隊接力，還逼妳跑最後一棒，讓妳被全班同學嫌棄跑得慢，妳為了運動會練習得那麼認真，她最後卻臨陣把妳換掉，讓妳白忙一場……太多恩怨了啦！我可是都記得清清楚楚！」

默默想到那些難過的事情，心痛再度浮上胸口。這些不愉快，她當然沒有

遺忘，只是選擇原諒罷了……

尼克越說越氣，完全沒有停止的意思，但他說的往事，卻像鹽巴般撒在默默的傷口上，讓她好痛、好難過。

「尼克，不要說了好不好……我不想聽……」默默摀住耳朵，往後退了一步。

尼克被潑了冷水，眼神變得失望，最後又轉為憤怒。

「不想聽就算了，我也只是為妳好！妳不想管，我反而落個輕鬆！」尼克丟下這句話，悻悻地轉身就走。

默默感到胃底翻攪。她竟然惹自己最要好的朋友生氣了，而這個好朋友講的話，也讓她好心痛。

明明感情那麼深，為什麼要互相傷害呢？

操場的微風徐徐吹來，讓默默臉頰上的淚水變得冰涼。微溫的氣流彷彿在提醒著默默，春天的尾巴來了。

默默聽到早自修結束的鐘聲響了，但她還不想回班上去。一想到她把那間教室唯一要好的朋友給惹火了，默默感到又愧疚又無助。她已經好一陣子沒體會到這種無力感了。

「是不是因為被各種比賽搞得心煩意亂，忽視了尼克在身邊的支援呢？」

默默抹掉眼淚，蹲在大樹的陰影裡，聽著風聲在操場上歌唱。

此時，一顆棒球滾到了她的腳邊。默默一抬頭，便看見凱祐棒球帽下的迷人笑臉。

原來，他是來撿球的。

「嗨！默默。沒想到妳在這裡。」

默默急忙低下頭揉了揉鼻子，怕自己的哭相嚇到凱祐。

不過凱祐也不遲鈍，馬上就注意到默默的模樣不太對勁。

「哈，妳怎麼一個人在這裡呀？」凱祐怕默默尷尬，又不想丟下她不管，便若無其事地找話題聊。

「嗯……」默默也不知道該怎麼回答，只是羞得想躲起來，不願意被凱祐看到自己紅腫的雙眼。

凱祐撿起棒球，又從口袋掏出一支運動員常用的防水馬克筆。默默忍不住偷瞧了凱祐幾眼。他正低頭在棒球上畫畫，側臉的神情迷人又堅定。

「來，送給妳。」凱祐陽光一笑，遞出棒球。

上頭畫著一隻胖呼呼、輕飄飄的水母。

水母的眼睛有點脫窗，模樣看起來非常幽默而可愛，讓默默的嘴角不禁牽起一抹笑意。

「我一直覺得，默默好像水母喔！」凱祐認真地睜大眼睛，解釋道。

「咦！」被暗戀的男生說自己像水母，默默感到哭笑不得，拿著棒球的手也僵在空中。

凱祐有些慌了，不過那雙濃眉下的目光，卻是真誠無比。

「哈哈，不要這種表情啦！我是覺得默默總是靜悄悄的、很優雅，個子也小小，步伐輕輕的，笑起來又給人沒有壓力的感覺，所以很像水母。」

「謝謝你……」默默笑著收起了繪有水母的棒球。

就在這瞬間，她看見凱祐臉上閃過一絲紅暈。

他偏過頭，望著操場的藍天。大朵大朵的白雲，正因高空裡的疾風而移動著。而春末的微涼氣味似乎就藏在那一團團雲的影子中。

「總覺得時間好快喔……」凱祐輕輕地踢了踢地。

「已經國三下學期了耶。」

「對呀……」默默柔聲附合著，腦中的紛擾聲音一下子也沉寂起來。心情似乎也沒那麼亂了。

雖然不確定凱祐此時的心底在想什麼，但默默卻感受到他們有一種無須言語的默契。凱祐望著操場的眼神有些孤單，似乎在回味著國中最後一學期的日子。

就連凱祐這種過著充實校隊生活的隊長，竟然也會露出那種感慨的表情。默默有一種意外看見凱祐另一面的感覺。

「最後一學期也過了一半，我們要繼續努力呀。」默默淺笑地對自己說，也對凱祐說，而他朝默默真誠地露齒一笑。

雖然只是短短的不期而遇，但默默的心情卻不再煩躁。她突然意識到，手

邊還有好多事情、好多比賽要擔心，實在不是為了尼克或斐恩煩心的時候。就算她再煩，一時半刻也改變不了什麼。

至少，事情都有輕重緩急。而她所能做的，也只有繼續埋頭努力準備比賽了。畢竟，再沒幾天就是演講比賽了。

上課鐘響了，默默與凱祐輕聲互道再見，各自回到教室去。此時，一股平靜的力量像夏天浪潮般，緩慢湧入默默心中。

她努力記住這種寧靜的感覺，並打開筆記本，在課桌上書寫著她的心情。默默做夢也想不到，這幾天發生的一連串事情，竟然成為她準備講稿的關鍵材料。

【第十三章】告別

週五放學時刻，大部分的同學們都在討論週末該去哪裡放鬆。

然而，七班與八班的佈置組員們正如火如荼展開最後衝刺，連棒球隊長凱祐也從隊上請假，和所剩不多的合作夥伴們，站在教室牆外忙著佈置。

凱祐不但特地從球隊請假，還細心地帶了飲料與組員們分享。

大家有說有笑，分工合作，不一會兒，牆上多了許多壁報與寶特瓶做的星球與海洋植物，而默默也用綠色水彩在牆上畫出許多栩栩如生的藤蔓。

「到底是大海還是宇宙呀？」

路過的同學有些會駐足觀看，但面對尚未完全成型的佈置作品，他們多半也說不出個所以然。

尼克因為補習班有考試，需要提前離開。

最近，他跟默默一天說不到五句話，除了打招呼與說再見之外，尼克幾乎都不主動過來找默默。

很明顯地，他依舊在生悶氣。

默默對這種情況無可奈何，她有時也會害怕，擔心他們的友誼是不是就要這樣結束了。

「如果到畢業之前，尼克都不跟我說話的話，也許我們以後也不會聯絡了吧……」默默無奈地想道。

結束佈置活動之後，默默整個週末都在努力準備演講。

而週一學校的三位演講代表都請了公假，到市政府去參加全國大賽。

默默不擅長交新朋友，不過她跟兩位同校代表之間的氣氛倒是很愉快。三人在學校老師的陪同下，一起搭公車到市政府。

一路上，三位選手完全沒有談到演講的事情，反而在聊天。

他們分享了童年時養過的小烏龜和倉鼠趣事，嘻笑之間，默默也感覺放鬆不少。

這是一場漫長的比賽，從各縣市到現場的小選手們總共幾十人，也聽說有不少選手因為路途遙遠或者有其他規劃而棄權。

到場時，默默的號碼還沒到，老師們要選手自行選擇去市政廳的咖啡館休息，或者到觀眾席去聽比賽。

默默毫不猶豫選擇後者。她聽了幾位的演講，就知道這場比賽的選手水準真的很高。

「每個參賽者都口條很好……雖然穿著全國各校的制服，但還是看得出來有精心打扮。」默默望著洗手間鏡中的自己，她只乾乾淨淨地紮了個馬尾就來了，沒在外表花什麼心思，心情也仍有些忐忑。

然而，當默默再度拿著講稿坐回觀眾席時，便慢慢融入週糟的氣氛。滿座的人群、師長、外校的學生、以及前排的評審，甚至天花板裝潢布料的沉穩顏色，都讓默默的情緒漸漸習慣與融入。

默默將目光聚焦。她望向打著亮黃燈光的舞台，眺望著此刻正在演講的參賽者，一面想像著那就是自己。

「等一下就換我站在那裡了。」默默發現自己越是理性觀察，心情就變得越來越冷靜。

她將多餘的情緒瀝除，提筆反覆修著講稿。學校老師看到默默專注而全心投入的模樣，紛紛相視而笑。

「真是個沉穩的孩子。」老師低聲稱讚道。

掌聲響起。

默默嬌小而微微緊繃的身軀，正試著從容地走上台。穿著制服的她，模樣樸素，氣度卻帶著一絲內斂的優雅。

此時，觀眾席後方的大門進來一個匆匆忙忙的身影。

那是尼克。他一眼就看到台上的默默，雙眼也綻放出光彩。

「加油啊，默默……」尼克喃喃唸著。

「各位評審、在座的老師、同學與觀眾朋友，大家午安。」默默用一種極具自信與禮貌的自然聲調說著，開始了順暢的開場白。

尼克倒是第一次看見這樣的默默，她似乎在舞台燈光下閃閃發亮，是那麼讓人陌生，五官所散發出的，卻是尼克最熟悉的友善笑容。

特地向學校請事假的尼克，坐了大老遠公車來到這裡。他揮了揮初夏帶來的汗水，急忙找了個座位。

尼克望向台上的默默。

她站在燈光的中心，已經開始演講第一段，手勢輕柔，眼神真誠，而那從心散發的語氣，更是讓尼克也不禁專注了起來。

「我的演講題目，是大會指定的第二組題目，『告別』。」默默帶著淺笑，眼神閃動著許多感觸。

「『告別』，不只是一件事，一個動作，更是一種心境。所謂的生活，也是由各種多采多姿的告別組成，才充滿味道，充滿讓人心動的起伏。不管是，朋友之間相伴走回家時、那聲爽朗的再見，或者是與家人分離的心情，都不斷地像磚塊般，堆砌、建築，組成了我們的每一天。」

聽著默默溫柔而流暢的語調，尼克想起他們每天走路上下學的情景，想起默默與他並不像其他損友一樣恣意打鬧，卻經常敵愾同仇地分享許多見解。

默默也經常幫尼克解決許多作文與國文的問題，不但是他的聰慧小幫手，更會幫助尼克緩解負面的憤怒情緒。

想起默默總是溫言相勸、分析課業時不失智慧的模樣，尼克感到很感慨。

「原來，這真的是我和默默同班的最後一學期了。我之前還對她大小聲，不聽她講什麼……」

默默站在舞台中央，嬌小的身軀被講台擋住大半，但上半身的雙手、肩膀與臉部表情都充滿活力，眼神更是炯亮無比。

尼克望著講台上的默默，露出微笑。

此時，默默環視全場的目光，稍微在觀眾席位置停留了下來。她可愛地笑了，因為她也看見了遠方座位上的尼克。

「我們生活中有許多的細節，有些討人喜歡，有些則讓人厭惡、卻揮之不去。」默默的語調滑順而自在，充滿情感。

「不過……奇妙的是，往往我們都在告別時刻，才開始懂得珍惜。」默默將自己心中的想法，透過嘴巴與清晰的思緒展現出來，評審開始頻頻點頭，被她的故事所感動。

「我是個很平凡的國三生，即將面臨我的畢業季。最後一個學期，我想抓住的東西很多，我跑了很多活動，我參加了一些比賽，想努力證明自己……過

程中有時候我覺得又累、又想放棄，但我卻發現，真正支持我的，不是手邊的這些事情……」默默用充滿溫度的眼神環視著全場。

「而是，身邊這些、讓我不想分別說再見的人。其中有經常愛護我、保護我的人，也有總是傷害我、欺騙我的人。而我，並不想輕易地跟這些人說再見。」

默默的神情與話語，讓座位上的尼克直起身子。他明白默默正將自己對國中三年生活的反省，融入到講稿裡。

評審們的筆開始在成績單下劃記，他們帶著投入的表情望向默默，彷彿也在跟著沉思。

「人生中充滿了傷害，但有時候傷害也提醒我們，重視自己所擁有的愛。而當我們面對傷害，勇於放手的那一刻，我們的心也得到了告別後的自由。」

此時，默默也看見了觀眾席一角，站著她的媽媽與堂姊碧文。

碧文的眼眶已經泛紅。

默默的話語，讓她想起自己單戀的對象。那是個不值得付出的男生，也傷害她很深，還讓她自己迷失了方向。而終於決定斬斷情絲的碧文，聽了默默此番演說，更是胸口浮現出許多感觸。

默默繼續在台上展現她蘊藏多時的魅力，並準備做出結尾。

「告別，是一種擁抱當下的豁達，也是一種面對過去的勇氣，我期許自己在往後無數的告別中，能夠蛻變、成長，珍惜每次相聚與分離的勇氣。」默默眼中流淌著自然的光輝。

「因為，告別，是為了迎接下一趟旅程，下一個開始。」語畢，觀眾先是靜默一兩秒，彷彿默默透過麥克風傳出的悅耳聲音，仍讓大家沈浸不已，意猶未盡。

隨後，一陣掌聲率先從評審席響起，一路轟隆隆地蔓延至整個大講堂。

尼克也奮力地鼓掌。他起身，眼中滿是興奮的神情。

「太棒了！默默！」尼克魁武的身影一路奔下觀眾席，他跑到選手休息室門外，等著給默默一個大大的擁抱。

「默默！妳好棒……」尼克像抱起小兔子般用力抬起默默，嚇得她又驚又

喜。

「我……我以為你還在生氣……不會來了。」默默看到尼克，眼眶也已經紅了。

「怎麼可能不來！」尼克用半責備半埋怨的語氣苦笑道。

「妳那麼帥，我不來多可惜！早就偷偷請假了……」

默默皺眉一笑，語氣轉為認真。

「尼克……我也要跟你說對不起，之前吵架的事……」

「唉！別說了！我才對不起！我沒有仔細想到妳的心情……就那樣對妳大小聲。其實，妳說得也沒錯，我聽了妳剛剛的演講……才知道妳是想用豁達的心情去面對最後這學期，可是我卻一直慫恿妳去報復……」尼克的眼神中充滿對默默的敬佩，與深深的愧疚。

「默默……我一直覺得妳是個弱者，所以我應該保護妳、凡事罩著妳……但其實，我才是那個一直過不去的人啊！反而是妳，默默，妳教導了我很多事情。」

「尼克……」默默紅了眼眶，心中充滿了感動與感謝。

看見尼克這麼舒緩卻認真的神情，默默深受鼓舞，她張開了雙手，抱住尼克。

此時，兩人身旁走來了幾個大人。

原來是學校的老師們與默默的媽媽。

「默默……」媽媽的鼻頭紅紅的，眼神中充滿笑意，默默已經知道她要說什麼了，也上前給媽媽一個深深的擁抱。

「媽媽……堂姊呢？」默默疑惑地問，因為她方才在台上時，的確看見堂姊對她笑了，那是個很深、很溫暖的笑容。

「妳堂姊先回去上課了，她說，她也要去對一些事情『告別』。」媽媽用了默默演講的標題，如此說道。母女倆相視而笑。

默默明白，堂姊碧文是要去斬斷情絲。她打算之後打手機給堂姊，替她祝福。

此時，幾位老師和同校的代表學生，也笑瞇瞇地圍了上來。

「妳的女兒真的好優秀！剛剛那番早熟的演說內容，是真的充滿對生活的領悟，連大人都未必寫得出來呢！」老師稱讚著。

而一小時後，大會的評審也針對默默的演說發表了類似的讚美。默默確定得到全國演說比賽第二名，並即將代表台灣去夏威夷，參加亞太區比賽。

這個消息傳回學校，讓全校為之沸騰。

【第十四章】 風雲人物

兩天後的早晨，剪了個超短的新髮型的堂姊碧文，神采奕奕地和默默一起出門。

她臉上寫滿了好消息，與默默閒話家常的內容，也積極且充滿期許。

「今天我們辯論社要去北部幹部訓練，真是充實啊！」碧文手中拿著旅行用的大包包，準備一放學就直接搭車去受訓。

再過幾天，默默也要接受學校指派的老師訓練，磨練她的英文口說能力，準備參加在夏威夷舉辦的亞太區比賽。

「默默講英文已經很標準了，英文作文也滿強的，真不知道老師要給妳加強什麼！」碧文誇獎默默，想增加她的自信心，因為默默這幾天顯然又變得有些緊張。

「堂姊……我沒這麼好啦，我只是想早點完成演講稿，然後學習用英文口說的方式，開始背稿……」默默苦笑著，其實她對演講準備的方式，已經非常熟悉，所以碧文也並不擔心她的表現。

「反正，要是有什麼問題，隨時打手機給我呀！」碧文露出美少年般的俊美笑容。

「我隨時給妳當軍師！」

「堂姊……真的很謝謝妳。」默默真心地說，眼中閃動著感謝的光彩。

「少肉麻啦！彼此彼此。」碧文吐了吐舌頭。

「妳也教會了我不少事情呀，臭ㄚ頭！」

默默甜甜地笑了。堂姊雖是半開玩笑的稱讚，卻讓她很開心。

現在的堂姊已經和不值得投入的對象正式分手，不再聯絡。

生活費的事情，默默與堂姊也主動跟默默雙親溝通過，已經沒事了。現在堂姊每天都神采奕奕地出席學校與辯論社活動，生活步調也重新上了軌道，氣色更是好了不少。

「那我要往這條路走囉！再見！再打電話給我呀！」碧文直爽一笑，轉進另一條大馬路上學去了。

空氣的味道，就像初夏的藍天般澄澈而清香，默默走在路上，感覺煥然一新。

五分鐘後，尼克騎著單車出現在街口，如往常般一起和默默去上學。

一路上，也理所當然地遇到許多同所學校的熟面孔。不同於以往的是，同學們看到默默全都露出微笑，甚至主動打招呼。

「早安啊！默默！」一個不怎麼熟的同學，用親切的語氣如此招呼道。

「哦！是那個台灣代表嗎？三年八班的葛璦默喔？」

默默一開始有些慌了，不知道如何回應，尼克卻哈哈大笑，撞了撞默默的肩膀。

「別傻住啊！不用想太多啦！新聞報成那樣，妳又上台被表揚那麼多次，誰不曉得妳要參加亞太區比賽的事情呀？」

「哦……原來是這樣，唉。」默默苦笑。

「唉什麼唉！直接跟他們打招呼就好啦！」尼克笑著叮嚀。

「反正只是打個招呼而已。好歹妳現在也是我們學校的名人了，不會再有人忽視妳啦！」

「原來他們都認得我是誰……」默默雖然開心，心底倒也感觸良多。

以前她總是靜靜地上學放學，不想惹人注意，如今即使沒見過面的同學們都還能在路上認出她來，實在讓她很難適應。

一到了學校，阿緯老師也溫柔地特別叮嚀她。

「默默呀，這是妳人生中的新里程碑呢！不過，比賽的事情，讓妳壓力很大吧！這次台灣只有妳和另一位高雄的同學要參賽青少年組，學校會再介紹妳們認識的，就當作是一次經驗，不要去想輸贏。妳已經很棒了！」

默默只得點點頭。過慣低調日子的她，如今走到哪裡都被盯著看，雖然知道大家沒惡意、只是對她很好奇，但默默還是不免很緊繃。

或許，她就是這種容易緊張的體質吧！但對於即將來臨的未來，默默也用期待的心情去面對。

中午時，能像以往一樣和尼克靜靜地坐在草坪的樹蔭裡吃飯，不但耳根子清淨，更是一種享受。

今天，操場上的那抹蔚藍天空，正式宣告著夏季的來臨。一個白衣棒球制服身影跑來，朝默默搖了搖手。

「嗨！尼克！默默！」凱祐露出白皙牙齒笑道。

「教務處報告，請參加佈置比賽的同學，到行政大樓中庭集合。」此時，廣播響了起來。

「唉呀，兩位先聊，我代表你們去集合囉！」尼克順勢地抽身離開，臨走前，還和凱祐交換了一個神秘的微笑。

「哦，佈置比賽已經評完分數了嗎？」默默還在關心廣播的內容，絲毫沒注意到尼克和凱祐的用心。

原來，尼克是看默默最近被同學的目光搞得心不在焉，才找來也頗受注目的校隊隊長凱祐，要他來陪默默談談心。

默默聽凱祐說明來意之後，又害羞又感激地笑了。

「原來是這樣，那傢伙竟然變得這麼纖細，還擔心我！」

「對呀！」凱祐接腔道：「尼克是真的很關心妳呢！」

「凱祐，你也很關心我呀！」默默露齒一笑，態度大方，反讓凱祐的表情瞬間羞紅了一下。

「呃……沒有啦！自從佈置比賽完，我們也好久沒見了。我忙著棒球，妳忙演講，聽到妳要代表台灣去夏威夷比賽，真是太帥啦！哈哈！」凱祐一講到夏威夷這個海濱國度，眼睛都亮了起來。

「我沒有那麼好啦……」

「唉呀，放輕鬆！」凱祐說。

「就當作是出國渡假呀！雖然只有短短的三天行程，但是玩得開心、學經驗最重要！」他率真一笑。

「我去外縣市比賽都這樣告訴自己。」

「凱祐真的是能夠很輕鬆地調節壓力呢！」默默敬佩地說。

「沒有啦……因為太緊張，反而會影響表現，所以要享受當下才對。」凱祐認真地說著，雙眼望向操場盡頭的夏日藍天。

「因為，再過不久，我們也要各自上高中啦！又是新開始了！」

享受當下，放眼未來。默默覺得凱祐說得很對。而他輕鬆又不失理性的分析態度，更讓默默感到自己的心，不再繃得那麼緊了。

默默問了一個讓她好緊張、卻也放在心底很久的問題。

「凱祐……我們畢業之後，還會再聯絡嗎？」

「一定要再聯絡啊！」凱祐不加思索地回答，眼神中盡是真誠的光芒。

「我還要請默默來看我的比賽呢！」

「好，一定去看你比賽！」默默感覺自己耳根都紅了。

「拜託一定要來喔！」凱祐回答，樣子不像在開玩笑，反倒十分認真。

默默聽見操場草叢在風中顫動的颼颼聲，涼爽而寧靜，讓她的胸口一陣悸動。

此時，初夏的微風帶來了遠方的校園廣播聲。

「各位同學午安，以下開始宣佈，佈置比賽的得獎名單……先從三年級開始公佈。」凱祐與默默四目相對，雙方都緊張地摒住呼吸。

佈置比賽的成績宣佈了。然而，卻有部份三年級的同學群聚在走廊上，臭著表情高聲埋怨。

「不公平啦！七班和八班分別出了個黎凱祐和嵩瑷默，學校就頒第一名給他們嗎？」

「佈置得又不怎麼樣，只是人紅了點而已。」

「太偏心啦！我們班人手比他們多，做得比他們好太多了！」

同學們起了小小的民怨，不少人還聚集到七班與八班的教室外牆，開始酸言酸語。

教室外牆上是一片無垠的深藍色宇宙，而海洋植物的藤蔓輕輕把寶特瓶作成的星球團團圍住，整片牆看起來生氣盎然，像是大海，也像是星空的畫布，色調單純而統一。

大大的「佈置比賽首獎」立牌，則已經被評審老師貼在這面牆上。

七班與八班的同學因為得獎了很開心，還紛紛說著「畢業前要帶相機來跟這片牆拍照」。所以當部份抗議的聲音傳到這兩班同學們耳中時，他們非常憤怒。

「喂！不要污辱我們班的作品好嗎？都已經得首獎了，妳們還要怎麼樣

啊？」

「對啊，默默和凱祐做這個是很辛苦的！」

「哪裡辛苦啊！」反對的同學們叫道。

「顏色超單調的！」

「而且聽說你們根本人手不足，才做出這麼簡陋的作品！」

「都是評審偏心啦！我們班作那麼認真，是被當傻瓜嗎？」

雙方人馬鬧得不可開交。

當默默與凱祐要回到自己班上時，也同時聽見了擁護派與反對派的聲音，兩人當然很尷尬，面面相覷。

「默默，趕快進教室，不要被捲進去了。」凱祐冷靜而低聲地叮嚀道。

「別在意，就算我們今天沒得名，也會有人酸我們的……」

「嗯，凱祐你也趕快進教室吧！」默默抹了抹額前的冷汗，雖然得獎的喜悅已經被同學的言語攻擊給打散，但她還是很感謝凱祐的提醒。

欣慰的是，八班的同學幾乎都站出來維護默默，只有幾個幹部們怕引起紛爭，躲在教室裡不想插手。

眼看走廊裡已經有同學們吵到相互推擠，場面非常火爆激烈。

「等一等！大家可以聽我說嗎？」此時，八班教室門口傳來一個理智而高亢的聲音。

默默看見說話的人時，嚇了一跳。

說話的正是七班的班長，斐恩。她美麗的臉龐帶著些微的慍怒，一向優雅近乎冷淡的她，看起來也比往常沉不住氣。

看見校花都出來說話了，吵架的同學也不免有些驚訝。

只見斐恩站了出來，不卑不亢地高聲說：「我覺得，這是一個說話要講證據的時代了，大家如果有不同意的地方，當然可以提出來。可是，妳們說評審打分數偏心，又有什麼證據呢？如果有證據的話，現在就拿出來。」

「呃……」起鬨的別班同學們滿臉通紅，說不出話來。

「就我所知，我們班葛璦默可是很認真的喔！班上一開始都沒人要參加這次佈置，她和尼克卻自己扛起來做。當然，七班的黎凱祐和他的組員，也非常

認真在幫忙。」斐恩的表情轉為平靜，但雙眼仍炯炯有神地直視著那幾位吵鬧的同學。

「你們自己班上的同學，也都很認真在作佈置，如果我們八班今天輸了，就跑去你們班上吵鬧，污辱你們苦心佈置的作品，你們又作何感想呢？」

對方啞口無言，一副想找地洞鑽的模樣。

「說得好！不愧是斐恩！」七班和八班的同學也替斐恩叫好。

默默的情緒更從驚訝，轉為感動。

默默萬萬沒想到，斐恩竟然願意出來替她說話，而斐恩的表情也不會有半點假惺惺的意思。她美麗的大眼睛中，的確充滿殷切的正義感，是真的在替默默和凱祐抱不平。

身為他們班三年來的班長，斐恩的確總是能在關鍵時刻展現魄力。默默也不禁覺得她很帥氣。

雖然，斐恩以前會故意找自己麻煩……不過，倘若斐恩沒有故意設局讓她變成佈置組長、演講比賽的班代表……這幾個月來的好運也都不會發生。

說。

「好啦，我知道你們也沒惡意啦！」斐恩語氣轉緩，對來鬧事的幾個同學說。

「既然沒事了，那就希望你們趕快回班上吧！不然被訓導主任看到，大家都會被帶去問話的。」斐恩這句強勢中不失智慧的話，給了對方台階下。他們急忙匆匆擠進人群，尷尬地走了。

望見這幕的凱祐，對斐恩輕輕一笑。「謝謝妳唷！」

這下倒是換斐恩有些不好意思。

「沒有啦，畢竟……當初希望葛璦默出來接佈置組長的人，是我呀！」

聽見這句話，默默心中更是充滿一言難盡的感慨，當然，也包含對斐恩的感謝。

她發現，自己已經能對過去的事情釋懷了。

不過，如果去找斐恩當面道謝，依斐恩愛面子的個性，恐怕自己又會碰軟釘子。默默苦笑地想道。

「斐恩自尊心很強的……我得換個方式。」

「謝謝妳，斐恩。」上課前，默默將不知如何開口的情緒寫在紙條上，偷偷放到斐恩桌上。

看見紙條時，斐恩表情雖然有些複雜，但留在她臉上的，卻是很清楚的笑容。

那樣的笑容，讓默默倒也覺得頗溫暖的。

「笨蛋，不要跟我講話。」斐恩在紙條上如此寫道，拋到默默桌上。

默默打開看時，發現斐恩在紙條一角畫了個大大的笑臉。

那張笑臉有雙長長的睫毛，笑起來甜甜的，長相有些像斐恩，也有些像默默。

默默心中感到一陣暖洋洋的，像是週日午後的陽光飄到她臉上的感覺。

【第十五章】遠行的日子

很快地，時間邁入五月底，班上充斥著升學的壓力，剩餘的時間大家不是在練習運動會的幾個項目，便是在埋頭讀書。默默體能不好，雖然不用參與運動會的練習，卻也閒不下來。

她最近每天都和尼克練習用英文直接對話，雖然引起不少同學的側目，但久了大家都知道他們是在為默默的英文演講作準備，也都紛紛表態支持。

有些人還會努力地用破英文和默默溝通，默默也會大方與他們互動，最後大家笑成一片。

「我覺得，大家現在好像沒那麼討厭我們了。」尼克有感而發地說。

「是因為快畢業了，開始依依不捨了嗎？」

「也許，大家一直都沒有討厭我們，只是對我們有一些刻板印象吧！」默默笑道。

「我們也是給他們不少瞭解我們的機會呀。」

尼克吐了吐舌頭。

「唉，妳真的很樂觀耶，總是把人想得那麼好！」

「我已經壓力很大了，還動不動就認為別人討厭我，這是自找苦吃啊！」默默打趣道。

尼克點點頭，他知道默默說得沒錯，他也在努力學習她正面的思考態度。而尼克現在也比較少和班上同學起衝突了，雖然他的個性仍舊很直，不過，經過了最後一學期的磨合之後，尼克倒也覺得自己從默默豁達善良的個性中，體會到一些啟示。

對於不認同她的人，默默不會口出惡言，但也不會像以前一樣自暴自棄。

「就算別人不認同，只要我身邊還有尼克這樣的朋友認同，就夠了。」默默說。

夏天來了。

炎熱的日子一天天過去，掛在八班教室後方的日曆不斷被值日生翻頁、撕去。很快地，演講比賽的日子就迫在眉睫。

「默默，明天就是妳要出國去夏威夷比賽的日子啦，行李打包了嗎？」阿緯老師把默默叫到一旁，熱心地說。

「老師可以通融，讓妳先請半天假，下午不用上課，先回去打包吧！」這是個很誘人的提議，既可以早點回家休息，還多了一些準備講稿，默默很感謝阿緯老師的意見。

她正要開口謝謝老師時，有同學慌張地跑了過來。

「早上的各班班長會議，聽說斐恩沒有去開會耶！有人知道她去哪裡了嗎？」

「咦！不可能吧！斐恩不會這樣的。」阿緯導師吃了一驚，全班同學也感到很驚訝又疑惑。

此時才剛結束早自修，正要開始第一節課。

平常會喊起立敬禮的斐恩不在，只好由副班長代勞。

這一節課，幾位跟斐恩要好的女同學都上得心不在焉，默默也有些擔憂。因為這樣無故消失又曠職的事，斐恩當班長以來，從未發生過。

「最近聽說有變態闖入校園，斐恩會不會是被變態抓走了？」

「有可能喔，我們要不要出去找啊？」

幾位同學擔心地討論道，默默一開始聽了哭笑不得，但卻也開始懷疑了起來。

於是，一等到下課，默默便拉著尼克，到校園各個死角去找斐恩。不管是無人的舊大樓、空教室，還是偏僻的外掃區、蒸飯室、健保中心，她們全都找過了，就是沒有斐恩的蹤影。

導師阿緯也很緊張，連忙和斐恩家長聯絡，問問她在家裏是否有任何異常行為，或者是否有透露過想去的地方等等。

「我們家女兒沒什麼問題啊！天啊……一定是發生什麼事了！」斐恩媽媽在電話裡急哭了，連忙坐著黑頭轎車趕來學校，這一舉動更把班上的同學弄得緊張無比。

眼看時間到了下午，人都還沒找到，導師阿緯特地跑來告訴默默，要她回家小心。

「默默，妳不要受斐恩失蹤的事情影響了，先回家準備休息，整理行李，老師晚上再聯絡聯絡妳。」由於默默是台灣演講代表之一，老師深怕班上騷動

的情緒影響斐恩準備比賽的心情，要默默先回家。

雖然頗為擔心，但也對目前的情況束手無策，默默只好拎起書包，走出校門。

下午的街道上幾乎沒有國中學生，直到街頭閃過一個清瘦的制服身影，默默的注意力立刻被吸引過去。

「咦？斐恩！」默默一眼就認得那是斐恩。

她隻身站在商店街的書報攤上，顯然連書包都忘在教室了，一臉失魂落魄的模樣。

這正是之前默默與斐恩曾經吵過架的書報攤。

「妳沒事吧！斐恩！」默默焦急地跑了過去。

斐恩發現衝過來的是默默時，明顯嚇了一跳，手中的書報啪的一聲摔在地上。

默默幫著撿起書報，發現那是一本雜誌專刊，刊名是「美國高中名校年度攻略總整理」。

「把它放回架上吧……我不需要了。」斐恩低著頭，不想讓默默看到她的表情。

但默默看得很清楚，斐恩在流淚，眼睛都哭腫了，顯然哭了好一陣了了。

「斐恩，妳怎麼了？為什麼一個人跑出學校，來這裡看雜誌……」

「不要問！」斐恩猛然朝默默吼道，雙肩聳起。

默默正被她的怒氣給震懾，斐恩又突然蹲了下來，掩面大哭。

「嗚嗚嗚………」光是哭還不夠，斐恩甚至用力地伸出手，彷彿尋求安慰般地扯住默默。

她的手掌出了好大的力氣，捏得默默痛得想大叫。

但默默知道，她絕對不能在這一刻鬆開斐恩的手。

因為，斐恩需要她。

「沒事的……」默默柔聲安撫道，她不打算問斐恩發生了什麼事，對於此刻的斐恩來說，她會選擇一個人跑到校外哭泣，一定是十分孤獨，卻又不願意讓人看見她脆弱的一面。

望著眼前哭成淚人兒的美女，默默很快地明白了她的心情。

「呃，小妹妹……沒事吧？」憨厚的書店老闆看見兩個女孩在店門前，其中一位還嚎啕大哭，有些尷尬地探頭問道。

「怎麼哭得這麼傷心呀……」

「我也不知道……」默默苦笑道。

「不好意思，不過……您不用擔心，她會沒事的！」

默默的這句「她會沒事的」，頓時像一道暖流般湧進斐恩受傷的心中。她回握住默默的手，而默默也笑著，用力地把斐恩拉了起來。

斐恩無聲地對老闆敬了一個禮，像是在為自己的行為道歉，而老闆也尷尬地回禮。

默默追著斐恩的步伐，兩個制服女孩回到大街上。

「我……被美國的高中拒絕了，三所都拒絕了我……」斐恩哽咽地說，而默默也心疼地望著她悲傷的側臉。

「唉，我只好回去考學測了……」

「學測也沒什麼不好啊！斐恩功課那麼好，沒問題的。」默默真心地鼓勵道。

「哼。」斐恩不領情，但表情明顯爽朗了點，似乎因為有人聽她傾吐，而舒緩了不少負面情緒。

「唉，我本來想去美國唸書的……」斐恩仍舊碎碎唸著，步伐卻是乖巧地跟著默默往學校走，彷彿跟默默頗有默契似的，任由她護送自己回學校去。一路上斐恩也不斷抱怨自己的事情，例如家人對她沒考上的事情很不諒解、教她長笛的老師也很失望等等。

默默一路靜靜地傾聽著，她雖然沒有說太多鼓勵的話，但傾聽的行為很明顯地對斐恩起了作用。默默這才發現，原來看似美麗又堅強的斐恩，也有許多私密且脆弱的一面。

不過，這樣的斐恩倒也挺可愛的。

「好啦，妳就送我到這裡吧！」走到校門口時，斐恩主動說。

「嗯。」默默微笑地揮手。

「我們都一起加油吧。」

「哼，妳才要加油啦！出國順風啊！」斐恩破涕而笑，如此祝福道。

斐恩的事情就暫時這樣落幕了。

晚上，默默和班導阿緯互通了電話，因為默默是第一次出國，雖然有公家機關的老師和主任帶隊陪同，但心情上仍有許多緊張的地方，阿緯老師也一一提醒她許多要注意的細節。

「記得喔，默默，明天妳跟台灣代表團集合的地點，是在桃園機場第一航廈一樓華航的櫃台。」老師耳提面命地叮嚀，還要默默一定要早點到。

「千萬千萬要在早上七點就到，一定要喔！慢一分鐘都不可以。」

「好，我知道了，謝謝老師。」默默覺得老師最後有點過度囉唆，不過她也沒想太多。而隔天早上默默被爸爸載到機場時，正巧是六點五十五分。

默默的爸爸也用興奮的心情，陪著默默在集合地點等候。

「奇怪，你們老師幹麻叫妳七點就來，我記得說明文件上說，台灣代表團是七點半集合呀！」爸爸一面打著呵欠，一面疑惑地說。

然而，第一個出現在默默眼前的，不是台灣演講代表團的任何人，而是又高又壯的尼克。

他一臉亢奮地朝默默猛力揮手，更讓人驚喜的是，尼克後面還跟了一票黑壓壓的人。

「咦！那是……」默默驚訝得幾乎流出眼淚。

斐恩、凱祐、佳萍、阿緯老師……一張張熟悉的笑臉映入默默眼簾，他們快步地跑過清晨的機場大廳，後頭還跟著一票八班的同學。

一塊寫著「三年八班，祝默默旗開得勝！」的彩色牌子，隨著湧上來的同學身影一起晃動，默默感動得淚眼模糊，忍不住摀住嘴巴哭了起來。

「別哭了，趕快去跟妳同學會合！」

默默的爸爸也紅了眼眶，推了推默默。

默默哭著，臉上的笑容充滿甜蜜與感謝。

「妳們……怎麼來了……」

「當然要來啊！我們還怕時間不夠，一早就集體搭車趕過來了！」尼克給了默默深深的擁抱，一旁的凱祐見狀，還不禁露出有些吃醋的表情。

斐恩笑著走到最前面，她今天也戴上了綴滿寶石的髮箍，顯然盛裝打扮。

「這是我們班昨天放學留下來寫的卡片……還有我送妳的禮物，妳一定馬上要打開看喔！」斐恩用命令又撒嬌的語氣說著，讓默默忍

不住笑了出來。

「好，等會兒一定馬上打開。」

同學們全都用期待又興奮的眼神注視著默默。默默知道他們等等還要趕車回去上課，心中更是感動又心疼，雙眼再度泛出感謝的淚水。

「默默，這個活動不是強制的，是斐恩昨天放學前主動提起的。」阿緯低聲對默默說。

「尼克還和斐恩一起籌劃這個驚喜，同學們也都是自願參加的喔！」

「尼克和斐恩一起籌劃？」默默不禁覺得不可思議，高聲叫了起來，全班也隨之哄堂大笑。

「為什麼笑？我不能和斐恩一起幫默默辦活動嗎？」尼克尷尬地叫道。

「有這麼奇怪嗎？」

「哈哈，真是太神奇了，」默默打趣道。

「你們一定一直吵架吧！」

「吵了大概快一百次。」斐恩假裝生氣地說。

「我真是受不了這個笨蛋！」

「我才受不了妳呢！死三八！」尼克也沒好氣地與斐恩再度鬥嘴道。

老師與爸爸聽了也不禁笑出聲。

「這些孩子，明明就感情很好啊！真是的！」默默的爸爸和阿緯老師相視而笑。

在歡樂的笑聲與祝福中，默默要登機的時間也到了，演講代表團在後方頻頻望著默默，而她也不得不和同學分別。

這還是三年來，默默首次這麼捨不得與全班同學分離。當然，同學們也感受到洋溢在機場大廳的這股情緒，露出依依不捨的神情，沒有人看手錶和大廳時鐘，彷彿希望這個青春的時間永遠暫停似的。

「好啦，讓默默準備登機手續吧！她三天後就回國了，你們不要搞得好像已經要畢業一樣嘛！」阿緯老師苦笑道。

但說實在地，老師看到孩子們如此相親相愛的一面，倒也被感動了。他還一度忍住想落淚的衝動，吸了吸鼻子。

「默默，玩得開心最重要，其他的事情不管好壞，都當作是經驗。」凱祐露出如日光般和煦的笑容。

「我在台灣比賽也會加油的！」

「好的，凱祐……謝謝你，我們都一起加油！」

離別前，同學們不斷回過頭朝默默揮手，而默默也是同樣地捨不得他們離開。

大家也知道默默容易緊張的個性，因此反而對默默說了許多鼓勵的話，還要她好好在夏威夷享受這三天的旅行，不要因為比賽而壓力過大。

望著同學們的背影，落寞和感動兩種情緒同時流淌過默默的心房。

上飛機前，默默想起斐恩的叮嚀，特地從滿滿一袋的卡片中，率先掏出斐恩的來閱讀。

卡片的裝飾也充滿斐恩的風格，撒滿奢華又耀眼的金粉，上頭寫的「昨天真的……很謝謝妳，謝謝妳聽我說。比賽加油！我真心祝福妳！」結尾處，斐恩又用銀色的亮粉筆，精心繪上了一個長睫毛的微笑大臉娃娃。

娃娃的臉旁邊，寫了一句短短的「之前很對不起……」

「斐恩，妳道歉了……」

當默默看見這句話時，三年的國中生活，彷彿跑馬燈在她眼前閃過。裡頭有不少她緊張、崩潰想哭、尷尬出糗的畫面，但默默卻發現，此刻的自己已經可以一笑置之。

「默默，快看！那就是我們等等要搭的飛機喔！」代表團老師的一句話，讓她回過神來。透過候機室大廳的窗玻璃，可以看見蔚藍的天空下停留著一架雄偉的客機。

默默瞇著眼望向客機背後的耀眼天空。

這片藍天，跟她和尼克並肩走過的上學道路上的天空很像，也和她一起和凱祐在操場上看過的景色相似。

此時，溫暖如夏日的回憶在她肌膚上遊走。

默默抬起頭俯視清朗的蒼穹，腦中閃過了同學們的溫言鼓勵。

「謝謝你們，謝謝你們聽我說。」她露出微笑。

此時，大廳響起了登機的廣播。

默默拎起行李，腳步輕盈地往前踏去。

i-smart

國家圖館出版品預行編目資料

請聽我說 / 夏嵐著. -- 初版.
-- 新北市 : 智學堂文化, 民102.07
面； 公分. -- (輕文學 ; 2)
ISBN 978-986-5819-02-6(平裝)
859.6 102008645

輕文學：02

請聽我說

著 — 夏嵐
出版者 — 智學堂文化事業有限公司
執行編輯 — 王成舫
美術編輯 — 蕭佩玲
地 址 — 22103 新北市汐止區大同路三段194號9樓之1
TEL (02) 8647-3663
FAX (02) 8647-3660

總經銷 — 永續圖書有限公司
劃撥帳號 — 18669219
出版日 — 2013年07月

法律顧問 — 方圓法律事務所 涂成樞律師
cvs 代理 — 美璟文化有限公司
TEL (02) 27239968
FAX (02) 27239668

i-smart

★ 親愛的讀者您好，感謝您購買 請聽我說 這本書！

為了提供您更好的服務品質，請務必填寫回函資料後寄回，我們將贈送您一本好書（隨機選贈）及生日當月購書優惠，您的意見與建議是我們不斷進步的目標，智學堂文化再一次感謝您的支持！

想知道更多更即時的訊息，請搜尋“永續圖書粉絲團”

您也可以使用以下傳真電話或是掃描圖檔寄回本公司電子信箱，謝謝！

傳真電話：（02）8647-3660

電子信箱：yungjiuh@ms45.hinet.net

姓名：＿＿＿＿＿＿ ○先生 ○小姐 生日：＿＿＿＿＿＿ 電話：＿＿＿＿＿＿

地址：＿＿＿＿＿＿＿＿＿＿＿＿＿＿＿＿＿＿＿＿

E-mail：＿＿＿＿＿＿＿＿＿＿＿＿＿＿＿＿＿＿＿＿

購買地點（店名）：＿＿＿＿＿＿＿＿＿＿ 購買金額：＿＿＿＿＿＿

職　　業：○學生　○大眾傳播　○自由業　○資訊業　○金融業　○服務業　○教職　○軍警　○製造業　○公職　○其他＿＿＿＿＿＿

教育程度：○高中以下（含高中）　○大學、專科　○研究所以上

您對本書的意見：

☆內容	○符合期待	○普通	○尚改進	○不符合期待
☆排版	○符合期待	○普通	○尚改進	○不符合期待
☆文字閱讀	○符合期待	○普通	○尚改進	○不符合期待
☆封面設計	○符合期待	○普通	○尚改進	○不符合期待
☆印刷品質	○符合期待	○普通	○尚改進	○不符合期待

您的寶貴建議：

新北市汐止區大同路3段194號9樓之1智學堂文化收

2 1 - 0 3 新北市汐止區大同路三段194號9樓之1

編輯部 收

請沿此虛線對折免貼郵票，以膠帶黏貼後寄回，謝謝！